人看多了
还是
书好看啊

朱光潜 著

Zhu Guangqian
Selected
collection

北京联合出版公司
Beijing United Publishing Co.,Ltd.

世　界　再　乱

书　桌　不　乱

目录

人看多了
还是书好看啊

002　谈读书（一）

012　谈读书（二）

022　谈学问

033　咬文嚼字

043　散文的声音节奏

怀疑一切
也向往一切

058　谈谦虚

073　谈理想与现实
　　　——给《申报周刊》的青年读者（一）

081　谈理想与事实
　　　——给《申报周刊》的青年读者（五）

091　谈青年的心理病态

辑一

世界再乱　书桌不乱

辑二

聪敏者唯唯否否　圆滑无角
奸猾者钻营竞逐　窃禄取宠

保持一点
抵抗的精神

106 谈十字街头

113 谈摆脱

120 谈立志

130 谈人生与我

138 谈价值意识

150 朝抵抗力最大的路径走

劳作有度
合理安寝

166 谈休息

176 谈消遣

186 游戏与娱乐
　　　——给《申报周刊》的青年读者（四）

195 谈体育

204 为《给青年的十三封信》
　　　——朱光潜给朱光潜

213 给一位写新诗的青年朋友

辑三

世上大多人前进
抵抗力稍大
他就要缴械投降

辑四

做自己时间的主宰

我 不 是 一 个 喜 欢 教 训 人 的 人 ，

只 是 对 于 实 际 人 生 问 题

爱 思 想 、 爱 体 验 ，

心 里 有 所 感 触 ，

便 希 望 拿 来 和 朋 友 谈 ，

以 便 彼 此 印 证 。

世界再乱 书桌不乱

人看多了
还是书好看啊

谈读书（一）

世间有许多人比你忙得多。许多人的学问都在忙中做成的。

朋友：

中学课程很多，你自然没有许多时间去读课外书。但是你试抚心自问：你每天真抽不出一点钟或半点钟的工夫么？如果你每天能抽出半点钟，你每天至少可以读三四页，每月可以读一百页，到了一年也就可以读四五本书了。何况你在假期中每天断不会只能读三四页呢？

你能否在课外读书，不是你有没有时间的问题，是你有没有决心的问题。

世间有许多人比你忙得多。许多人的学问都在忙中做成的。美国有一位文学家、科学家和革命家富兰克林，幼时在印刷局里做小工，他的书都是在做工时抽暇读的。不必远说，你应该还记得，国父孙中山先生，难道你比那一位奔走革命、席不暇暖的老人家还要忙些么？他生平无论忙到什么地步，没有一天不偷暇读几页书。你只要看他的《建国方略》和《孙文学说》，你便知道他不仅是一个政治家，而且还是一个学者。不读书而讲革命，不知道"光"的所在，只是窜头乱撞，终难成功。这个道理，孙先生懂得最清楚的，所以他的学说特别重"知"。

人类学问逐天进步不止，你不努力跟着跑，便落伍退后，这固不消说。尤其要紧的是养成读书的习惯，是在学问中寻出一种兴趣。你如果没有一种正常嗜好，没有一种在闲暇时可以寄托你的心神的东西，将来离开学校去做事，说不定要被恶习惯引诱。你不看见现在许多叉麻雀、抽鸦片的官僚们、绅商们乃至于教员们，不大半由学生出身么？你慢些鄙视他们，临到你来，再看看你的成就罢！但是你如果在读书中寻出一种趣味，你将来抵抗引诱的能力比别人定要大些。这种兴趣你现在不能寻出，将来永不会寻出的。凡人都越老越麻木，你现在已比不上三五岁的小孩子那样好奇、那样兴味淋漓了。你长大一岁，你感觉兴味的锐敏力便须迟钝一分。达尔文在自传里曾经说过，他幼时颇好文学和音乐，壮时因为研究生物学，把文学和音乐都丢开了，到老来他再想拿诗歌来消遣，便寻不出趣味来了。兴味要在青年时设法培养，过了正常时节，便会萎谢。比方打网球，你在中学时欢喜打，你到老都欢喜打。假如你在中学时代错过机会，后来要发愿去学，比登天还要难十倍。养成读书习惯也是这样。

你也许说，你在学校里终日念讲义看课本就是读书吗？讲义课本着意在平均发展基本知识，固亦不可不读。但是你如果以为念讲义看课本，便尽读书之能事，就是大错特错。第一，学校功课门类虽多，而范围究极窄狭。你的天才也许与学校所有功课都不相近，自己在课外研究，发现自己性之所近的学问。再比方你对于某种功课不感兴趣，这也许并非由于性不相近，只是规定课本不合你的口胃。你如果能自己在课外发现好书籍，你对于那种功课的兴趣也许就因而浓厚起来了。第二，念讲义看课本，免不掉若干拘束，想借此培养兴趣，颇是难事。比方有一本小说，平时自由拿来消遣，觉得多么有趣，一旦把它拿来当课本读，用预备考试的方法去读，便不免索然寡味了。兴趣要逍遥自在地不受拘束地发展，所以为培养读书兴趣起见，应该从读课外书入手。

　　书是读不尽的，就读尽也是无用，许多书都没有一读的价值。你多读一本没有价值的书，便丧失可读一本有价值的书的时间和精力。所以你须慎加选择。你自己自然不会选择，须去就教于批评家和专门学者。我不能告诉你必读的书，我能告诉你不必读的书。许多人曾抱定宗旨不读现代出版的新书。因为许多流行的新书只是

人看多了，还是书好看啊

迎合一时社会心理，实在毫无价值，经过时代淘汰而巍然独存的书才有永久性，才值得读一遍两遍以至于无数遍。我不敢劝你完全不读新书，我却希望你特别注意这一点，因为现代青年颇有非新书不读的风气。别的事都可以学时髦，唯有读书做学问不能学时髦。我所指不必读的书，不是新书，是谈书的书，是值不得读第二遍的书。走进一个图书馆，你尽管看见千卷万卷的纸本子，其中真正能够称为"书"的恐怕还难上十卷百卷。你应该读的只是这十卷百卷的书。在这些书中间，你不但可以得较真确的知识，而且可以于无形中吸收大学者治学的精神和方法。这些书才能撼动你的心灵，激动你的思考。其他像"文学大纲""科学大纲"以及杂志报章上的书评，实在都不能供你受用。你与其读千卷万卷的诗集，不如读一部《国风》或《古诗十九首》；你与其读千卷万卷谈希腊哲学的书籍，不如读一部柏拉图的《理想国》。

　　你也许要问我，像我们中学生究竟应该读些什么书呢？这个问题可是不易回答。你大约还记得北京《京报副刊》曾征求"青年必读书十种"，结果有些人所举的十种尽是几何代数，有些人所举十种尽是《史记》《汉书》。这在旁人看起来似近于滑稽，而应征的人却各抱有一番大道理。本来这种征求的本意，求以一个人的标准做一切人的标准，好像我只喜欢吃面，你就不能吃米，完全是一种错误见解。各人的天资、兴趣、环境、职业不同，你怎么能定出万应灵丹似的十种书，供天下无量数青年读之都能感觉同样趣味、发生同样效力？

我为了写这封信给你，特地去调查了几个英国公共图书馆。他们的青年读物部最流行的书可以分为四类：（一）冒险小说和游记，（二）神话和寓言，（三）生物故事，（四）名人传记和爱国小说。就中代表的书籍是凡尔纳的《八十天环游地球》（Jules Verne: *Around the World in Eighty Days*）和《海底二万里》（*Twenty Thousand Leagues Under the Sea*），笛福的《鲁滨孙漂流记》（Defoe: *Robinson Crusoe*），大仲马的《三剑客》（A.Dumas: *Three Musketeers*），霍桑的《奇书》和《丹谷闲话》

（Hawthorne：*Wonder Book and Tangle Wood Tales*），金斯利的《希腊英雄传》（Kingsley：*Heroes*），法布尔的《鸟兽故事》（Fabre：*Story Book of Birds and Beasts*），安徒生的《童话》（Andersen：*Fairy Tales*），骚塞的《纳尔逊传》（Southey：*Life of Nelson*），房龙的《人类故事》（Vanloon：*The Story of Mankind*）之类。这些书在外国虽流行，给中国青年读，却不甚相宜。中国学生们大半是少年老成，在中学时代就欢喜像煞有介事地谈一点学理。他们——你和我自然都在内——不仅欢喜谈谈文学，还要研究社会问题，甚至于哲学问题。这既是一种自然倾向，也就不能漠视，我个人的见解也不妨提起和你商量商量。十五六岁以后的教育宜注重发达理解，十五六岁以前的教育宜注重发达想象。所以初中的学生们宜多读想象的文字，高中的学生才应该读含有学理的文字。

谈到这里，我还没有答复应读何书的问题。老实说，我没有能力答复，我自己便没曾读过几本"青年必读书"，老早就读些壮年必读书。比方在中国书里，我最欢喜《国风》、《庄子》、《楚辞》、《史记》、《古诗源》、《文选》中的书笺、《世说新语》、《陶渊明集》、《李太白集》、《花间集》、张惠言《词选》、《红楼梦》等等。在外国书里，我最欢喜济慈（Keats）、雪莱（Shelly）、柯尔律治（Coleridge）、布朗宁（Browning）诸人的诗集，索福克勒斯（Sophocles）的七悲剧，莎士比亚的《哈姆雷特》（Shakespeare: *Hamlet*）、《李尔王》（*King Lear*）和《奥赛罗》（*Othello*），歌德的《浮士德》（Goethe: *Faust*），易卜生（Ibsen）的戏剧集，屠格涅夫（Turgenef）的《处女地》（*Virgin Soil*）和《父与子》（*Fathers and Children*），陀思妥耶夫斯基的《罪与罚》（Dostoyevsky: *Crime and Punishment*），福楼拜的《包法利夫人》（Flaubert: *Madame Bovary*），莫泊桑（Maupassant）的小说集，小泉八云（Lafcadio Hearn）关于日本的著作等等。如果我应北京《京报副刊》的征求，也许把这些古董洋货捧上，凑成"青年必读书十种"。但是我知道这是荒谬绝伦。所以我现在不敢答复你应读何书的问题。你如果要知道，你应该去请教你所知的专门学者，请他们各就自己所学范围以内指定三两种青年可读的书。你如果请一个人替你面面俱到地设想，比方他是学文学的人，他也许明知青年必读书应含有社会问题、科学常识等等，而自己又没甚把握，姑且就他所知的一两种拉来凑数，你就像问道于盲了。同时，你要知道读书好比探险，也不能全靠别人指导，你自己也须得费些功夫去搜求。我从来没有听见有人按照别人替他定的"青年必读书十种"或"世界名著百种"读下去，便成就一个学者。别人只能介绍，抉择还要靠你自己。

关于读书方法。我不能多说，只有两点须在此约略提起。第一，凡值得读的书至少须读两遍。第一遍须快读，着眼在醒豁全篇大旨与特色。第二遍须慢读，须以批评态度衡量书的内容。第二，读过一本书，须笔记纲要和精彩的地方和你自己的意见。记笔记不特可以帮助你记忆，而且可以逼得你仔细，刺激你思考。记着这两点，其他琐细方法便用不着说。各人天资习惯不同，你用那种方法收效较大，我用那种方法收效较大，不是一概论的。你自己终久会找出你自己的方法，别人决不能给你一个方单，使你可以"依法炮制"。

你嫌这封信太冗长了罢？下次谈别的问题，我当力求简短。再会！

你的朋友　光潜

谈读书（二）

"好书不厌百回读，熟读深思子自知"，这两句诗值得每个读书人悬为座右铭。读书原为自己受用，多读不能算是荣誉，少读也不能算是羞耻。

十几年前我曾经写过一篇短文谈读书，这问题实在是谈不尽，而且这些年来我的见解也有些变迁，现在再就这问题谈一回，趁便把上次谈学问有未尽的话略加补充。

学问不只是读书，而读书究竟是学问的一个重要途径。因为学问不仅是个人的事而是全人类的事，每科学问到了现在的阶段，是全人类分途努力日积月累所得到的成就，而这成就还没有湮没，就全靠有书籍记载流传下来。书籍是过去人类的精神遗产的宝库，也可以说是人类文化学术前进轨迹上的记程碑。我们就现阶段的文化学术求前进，必定根据过去人类已得的成就做出发点。如果抹杀过去人类已得的成就，我们说不定要把出发点移回到几百年甚至几千年前，纵然能前进，也还是开倒车落伍。读书是要清算过去人类成就的总账，把几千年的人类思想经验在短促的几十年内重温一遍，把过去无数亿万人辛苦获来的知识教训，集中到读者一个人身上去受用。有了这种准备，一个人总能在学问途程上作万里长征，去发现新的世界。

历史愈前进，人类的精神遗产愈丰富，书籍愈浩繁，而读书也就愈不易。书籍固然可贵，却也是一种累，可以变成研究学问的障碍。它至少有两大流弊。第一，书多易使读书不专精。我国古代学者因书籍难得，皓首穷年才能治一经，书虽读得少，读一部却就是一部，口诵心惟，嘴嚼得烂熟，透入身心，变成一种精神的原动力，一生受用不尽。现在书籍易得，一个青年学者就可夸口曾过目万卷，"过目"的虽多，"留心"的却少，譬如饮食，不消化的东西积得愈多，愈易酿成肠胃病，许多浮浅虚骄的习气都由耳食肤受所养成。其次，书多易使读者迷方向。任何一种学问的书籍现在都可装满一图书馆，其中真正绝对不可不读的基本著作往往不过数十部甚至于数部。许多初学者贪多而不务得，在无足轻重的书籍上浪费时间与精力，就不免把基本要籍耽搁了。比如学哲学者尽管看过无数种的哲学史和哲学概论，却没有看过一种柏拉图的《对话集》；学经济学者尽管读过无数种的教科书，却没有看过亚当·斯密的《原富》。做学问如作战，须攻坚挫锐，占住要塞。目标太多了，掩埋了坚锐所在，只东打一拳，西踏一脚，就成了"消耗战"。

　　读书并不在多，最重要的是选得精，读得彻底，与其读十部无关轻重的书，不如以读十部书的时间和精力去读一部真正值得读的书；与其十部书都只能泛览一遍，不如取一部书精读十遍。"好书不厌百回读，熟读深思子自知"，这两句诗值得每个读书人悬为座右铭。读书原为自己受用，多读不能算是荣誉，少读也不能算是羞耻。少读如果彻底，必能养成深思熟虑的习惯，涵泳优游，以至于变化气质；多读而不求甚解，则如驰骋十里洋场，虽珍奇满目，徒惹得心花意乱，空手而归。世间许多人读书只为装点门面，如暴发户炫耀家私，以多为贵。这在治学方面是自欺欺人，在做人方面是趣味低劣。

读的书当分种类，一种是为获得现世界公民所必需的常识，一种是为做专门学问。为获常识起见，目前一般中学和大学初年级的课程，如果认真学习，也就很够用。所谓认真学习，熟读讲义课本并不济事，每科必须精选要籍三五种来仔细玩索一番。常识课程总共不过十数种，每种选读要籍三五种，总计应读的书也不过五十部左右。这不能算是过奢的要求。一般读书人所读过的书大半不止此数，他们不能得实益，是因为他们没有选择，而阅读时又只潦草滑过。

常识不但是现世界公民所必需，就是专门学者也不能缺少它。近代科学分野严密，治一科学问者多固步自封，以专门为借口，对其他相关学问毫不过问。这对于分工研究或许是必要，而对于淹通深造却是牺牲。宇宙本为有机体，其中事理彼此息息相关，牵其一即动其余，所以研究事理的种种学问在表面上虽可分别，在实际上却不能割开。世间绝没有一科孤立绝缘的学问。比如政治学须牵涉到历史、经济、法律、哲学、心理学以至于外交、军事等等。如果一个人对于这些相关学问未曾问津，入手就要专门习政治学，愈前进必愈感困难，如老鼠钻牛角，愈钻愈窄，寻不着出路。其他学问也大抵如此，不能通就不能专，不能博就不能约。先博学而后守约，这是治任何学问所必守的程序。我们只看学术史，凡是在某一科学问有大成就的人，都必定于许多他科学问有深广的基础。目前我国一般青年学子动辄喜言专门，以至于许多专门学者对于极基本的学科毫无常识。这种风气也许是在国外大学做博士论文的先生们所酿成的。它影响到我们的大学课程，许多学系所设的科目"专"到不近情理，在外国大学研究院里也不一定有。这好像逼吃奶的小孩去嚼肉骨，岂不是误人子弟？

有些人读书，全凭自己的兴趣。今天遇到一部有趣的书就把预拟做的事丢开，用全副精力去读它；明天遇到另一部有趣的书，仍是如此办，虽然这两书在性质上毫不相关。一年之中可以时而习天文，时而研究蜜蜂，时而读莎士比亚。在旁人认为重要而自己不感兴味的书都一概置之不理。这种读法有如打游击，亦如蜜蜂采蜜。它的好处在使读书成为乐事，对于一时兴到的著作可以深入，久而久之，可以养成一种不平凡的思路与胸襟。它的坏处在使读书泛滥而无所归宿，缺乏专门研究所必需的"经院式"的系统训练，产生畸形的发展，对于某一方面知识过于重视，对于另一方面知识可以很蒙昧。我的朋友中有专读冷僻书籍，对于正经正史从未过问的，他在文学上虽有造就，但不能算是专门学者。如果一个人有时间与精力允许他过享乐主义的生活，不把读书当作工作而只当作消遣，这种蜜蜂采蜜式的读书法原亦未尝不可采用。但是一个人如果抱有成就一种学问的志愿，他就不能不有预定计划与系统。对于他，读书不仅是追求兴趣，尤其是一种训练，一种准备。有些有趣的书他须得牺牲，也有些初看很枯燥的书他必须咬定牙关去硬啃，啃久了他自然还可以啃出滋味来。

读书须有一个中心去维持兴趣，或是科目，或是问题。以科目为中心时，就要精选那一科的要籍，一部一部地从头到尾读，以求对于该科得到一个概括的了解，作进一步高深研究的准备。读文学作品以作家为中心，读史学作品以时代为中心，也属于这一类。以问题为中心时，心中先须有一个待研究的问题。然后采关于这问题的书籍去读，用意在搜集材料和诸家对于这问题的意见，以供自己权衡去取，推求结论。重要的书仍须全看，其余的这里看一章，那里看一节，得到所要搜集的材料就可以丢手。这是一般做研究工作者所常用的方法，对于初学不相宜。不过初学者以科目为中心时，仍可约略采取以问题为中心的微意。一书作几遍看，每一遍只着重某一方面。苏东坡与王朗书曾谈到这个方法：

> 少年为学者，每一书皆作数次读之。当如入海百货皆有，人之精力不能兼收尽取，但得其所欲求者耳。故愿学者每次作一意求之，如欲求古今兴亡治乱圣贤作用，且只作此意求之，勿生余念；又别作一次求事迹文物之类，亦如之。他皆仿此。若学成，八面受敌，与涉猎者不可同日而语。

朱子尝劝他的门人采用这个方法。它是精读的一个要诀，可以养成仔细分析的习惯。举看小说为例，第一次但求故事结构，第二次但注意人物描写，第三次但求人物与故事的穿插，以至于对话、辞藻、社会背景、人生态度等等都可如此逐次研求。

读书要有中心，有中心才易有系统组织。比如看史书，假定注意的中心是教育与政治的关系，则全书中所有关于这问题的史实都被这中心联系起来，自成一个系统。以后读其他书籍如经子专集之类，自然也常遇着关于政教关系的事实与理论，它们也自然归到从前看史书时所形成的那个系统了。一个人心里可以同时有许多系统中心，如一部字典有许多"部首"，每得一条新知识，就会依物以类聚的原则，汇归到它的性质相近的系统里去，就如拈新字贴进字典里去，是人旁的字都归到人部，是水旁的字都归到水部。大凡零星片段的知识，不但易忘，而且无用。每次所得的新知识必须与旧有的知识联络贯串，这就是说，必须围绕一个中心归聚到一个系统里去，才会生根，才会开花结果。

记忆力有它的限度，要把读过的书所形成的知识系统，原本枝叶都放在脑里储藏起，在事实上往往不可能。如果不能储藏，过目即忘，则读亦等于不读。我们必须于脑以外另辟储藏室，把脑所储藏不尽的都移到那里去。这种储藏室在从前是笔记，在现在是卡片。记笔记和做卡片有如植物学家采集标本，须分门别类订成目录，采得一件就归入某一门某一类，时间过久了，采集的东西虽极多，却各有班位，条理井然。这是一个极合乎科学的办法，它不但可以节省脑力，储有用的材料，供将来的需要，还可以增强思想的条理化与系统化。预备做研究工作的人对于记笔记做卡片的训练，宜于早下功夫。

谈学问

就智慧说，学问是训练思想的工具；就性格说，学问是道德修养的途径。

这是一个大题目，不易谈；因为许多人对它有很大的误解，却又不能不谈。最大的误解在把学问和读书看成一件事。子弟进学校不说是"求学"而说是"读书"，学子向来叫做"读书人"，粗通外国文者在应该用"学习"（learn）或"治学"（study）等字时常用"阅读"（read）来代替。这种传统观念的错误影响到我国整个教育的倾向。各级学校大半把教育缩为知识传授，而知识传授的途径就只有读书，教员只是"教书人"。这种错误的观念如果不改正，教育和学问恐怕就没有走上正轨的希望。如果我们稍加思索，它也应该不难改正。"学"是学习，"问"是追问。世间可学习可追问的事理甚多，知识技能须学问，品格修养也还须学问；读书人须学问，农工商兵也还须学问，各行有各行的"行径"。学问是任何人对于任何事理，由不知求知，由不能求能的一套功夫。它的范围无限，人生一切活动，宇宙一切现象和真理，莫不包含在内。学问的方法甚多，人从堕地出世，没有一天不在学问。有些学问是由仿效得来的，也有些学问是由尝试、思索、体验和涵养得来的。读书不过是学问的方法之一种，它当然很重要，却并非唯一的。朱子教门徒，一再申说"读书乃学者第二事"。有许多读书人实在并非在做学问，也有许多实在做学问的人并不专靠读书，制造文字——书的要素——是一种绝大学问，而首先制造文字的人就根本无书可读，许多其他学问都可由此类推。子路的"何必读书然后为学"一句话本身并不错，孔子骂他，只是讨厌他说这话的动机在辩护让一个青年学子去做官，也并没有说它本身错。

一般人常埋怨现在青年对于学问没有浓厚的兴趣。就个人任教的经验说，我也有这样的观感。平心而论，这大半要归咎我们"教书人"。把学问看成"教书""读书"，一个错误的观念如果不全是我们养成的，至少我们未曾设法纠正。而且我们自己又没有好生学问，给青年学子树一个好榜样，可以激励他们的志气，提起他们的兴趣。此外，社会上一般人对于学问的性质和功用所存的误解也不无关系。近代西方学者常把纯理的学问和应用的学问分开，以为治应用的学问是有所为而为，治纯理的学问是无所为而为。他们怕学问全落到应用一条窄路上，尝设法替无所为而为的学问辩护，说它虽"无用"，却可满足人类的求知欲。这种用心很可佩服，而措辞却不甚正确。学问起于生活的需要，世间绝没有一种学问无用，不过"用"的意义有广狭之别。学得一种学问，就可以有一种技能，拿它来应用于实际事业，如学得数学几何三角就可以去算账、测量、建筑、制造机械，这是最正常的"用"字的狭义。学得一点知识技能，就混得一种资格，可以谋一个职业，解决饭碗问题，这就是功利主义的"用"字的狭义。但是学问的功用并不仅如此，我们甚至可以说，学问的最大功用并不在此。

心理学者研究智力，有普通智力与特殊智力的分别；古人和今人品题人物，都有通才与专才的分别。学问的功用也可以说有"通"有"专"。治数学即应用于计算数量，这是学问的专用；治数学而变成一个思想缜密、性格和谐、善于立身处世的人，这是学问的通用。学问在实际上确有这种通用。就智慧说，学问是训练思想的工具。一个真正有学问的人必定知识丰富，思想锐敏，洞达事理，处任何环境，知道把握纲要，分析条理，解决困难。就性格说，学问是道德修养的途径。苏格拉底说得好，"知识即德行"。世间许多罪恶都起于愚昧，如果真正彻底明了一件事是好的，另一件事是坏的，一个人决不会睁着眼睛向坏的方面走。中国儒家讲学问，素来全重立身行己的功夫，一个学者应该是一个圣贤，不仅如现在所谓"知识分子"。

现在所谓"知识分子"的毛病在只看到学的狭义的"用"，尤其是功利主义的"用"。学问只是一种干禄的工具。我曾听到一位教授在编成一部讲义之后，心满意足地说："一生吃着不尽了！"我又曾听到一位朋友劝导他的亲戚不让刚在中学毕业的儿子去就小事说："你这种办法简直是吃稻种！"许多升学的青年实在只为着要让稻种发生成大量谷子，预备"吃着不尽"。所以大学里"出路"最广的学系如经济系、机械系之类常是拥挤不堪，而哲学系、数学系、生物学系诸"冷门"，就简直无人问津。治学问根本不是为学问本身，而是为着它的出路销场，在治学问时既是"醉翁之意不在酒"，得到出路销场后当然更是"得鱼忘筌"了。在这种情形之下的我们如何能期望青年学生对于学问有浓厚的兴趣呢？

这种对于学问功用的窄狭而错误的观念必须及早纠正。生活对于有生之伦是唯一的要务，学问是为生活。这两点本是天经地义。不过现代中国人的错误在把"生活"只看成口腹之养。"谋生活"与"谋衣食"在流行语中是同一意义。这实在是错误得可怜可笑。人有肉体，有心灵。肉体有它的生活，心灵也应有它的生活。肉体需要营养，心灵也不能"辟谷"。肉体缺乏营养，必酿成饥饿病死；心灵缺乏营养，自然也要干枯腐化。人为万物之灵，就在他有心灵或精神生活。所以测量人的成就并不在他能否谋温饱，而在他有无丰富的精神生活。一个人到了只顾衣食饱暖而对于真善美漫不感觉兴趣时，他就只能算是一种"行尸走肉"，一个民族到了只顾体肤需要而不珍视精神生活的价值时，它也就必定逐渐没落了。

学问是精神的食粮，它使我们的精神生活更加丰富。肚皮装得饱饱的，是一件乐事；心灵装得饱饱的，是一件更大的乐事。一个人在学问上如果有浓厚的兴趣，精深的造诣，他会发现万事万物各有一个妙理在内，他会发现自己的心涵蕴万象，澄明通达，时时有寄托，时时在生展，这种人的生活决不会干枯，他也决不会做出卑污下贱的事。《论语》记"颜子在陋巷，一箪食，一瓢饮，人不堪其忧，回也不改其乐"。孔子赞他"贤"，并不仅因为他能安贫，尤其因为他能乐道，换句话说，他有极丰富的精神生活。宋儒教人体会颜子所乐何在，也恰抓着紧要处，我们现在的人不但不能了解这种体会的重要，而且把它看成道学家的迂腐。这在民族文化上是一个极严重的病象，必须趁早设法医治。

中国语中"学"与"问"连在一起说，意义至为深妙，比西文中相当的译词如 learning, study, science 诸字都好得多。人生来有向上心，有求知欲，对于不知道的事物欢喜发疑问。对于一种事物发生疑问，就是对于它感觉兴趣。既有疑问，就想法解决它，几经摸索，终于得到一个答案，于是不知道的变为知道的，所谓"一旦豁然贯通"，这便是学有心得。学原来离不掉问，不会起疑问就不会有学。许多人对于一种学问不感觉兴趣，原因就在那种学问对于他们不成问题，没有什么逼得他们要求知道。但是学问的好处正在原来有问题的可以变成没有问题，原来没有问题的也可以变成有问题。前者是未知变成已知，后者是发现貌似已知究竟仍为未知。比如说逻辑学，一个中学生学过一年半载，看过一部普通教科书，觉得命题、推理、归纳、演绎之类都讲得妥妥帖帖，了无疑义。可是他如果进一步在逻辑学上面下一点研究功夫，便会发现他从前认为透懂的几乎没有一件不成为问题，没有一件不曾经许多学者辩论过。他如果再更进一步去讨探，他会自己发现许多有趣的问题，并且觉悟到他自己一辈子也不一定能把这些问题都解决得妥妥帖帖。逻辑学是一科比较不幼稚的学问，犹且如此，其他学问更可由此类推了。一个人对于一种学问如果肯钻进里面去，必须使有问题的变为没有问题（这便是问），疑问无穷，发现无穷，兴趣也就无穷。学问之难在此，学问之乐也就在此。一个人对于一种学问说是不感兴趣，那只能证明他不用心，不努力下功夫，没有钻进里面去。世间决没有自身无兴趣的学问，人感觉不到兴趣，只由于人的愚昧或懒惰。

学与问相连，所以学问不只是记忆而必是思想，不只是因袭而必是创造。凡是思想都是由已知推未知，创造都是旧材料的新综合，所以思想究竟须从记忆出发，创造究竟须从因袭出发。由记忆生思想，由因袭生创造，有如吸收食物加以消化之后变为生命的动力。食而不化固然是无用，不食而求化也还是求无中生有，向来论学问的话没有比孔子的"学而不思则罔，思而不学则殆"两句更为精深透辟。学原有"效"义，研究儿童心理学者都知道学习大半基于因袭或模仿。这里所谓"学"是偏重吸收前人已有的知识和经验。思是自己运用脑筋，一方面求所学得的能融会贯通，井然有条，一方面由疑难启发新知识与新经验。一般学子有两种通弊。一种是聪明人所尝犯着的，他们过于相信自己的思考力而忽略前人的成就。其实每种学问都有长久的历史，其中每一个问题都曾经许多人思虑过，讨论过，提出过种种不同的解答，你必须明白这些经过，才可以利用前人的收获，免得绕弯子甚至于走错路。比如说生物学上的遗传问题，从前雷马克、达尔文、魏斯曼、孟德尔诸大家已经做过许多实验，得到许多观察，用过许多思考。假如你对于他们的工作茫无所知或是一笔抹杀，只凭你自己的聪明才力来解决遗传问题，这岂不是狂妄？世间这种"思而不学"的人正甚多，他们不知道这种凭空构造的"殆"。另外一种通弊是资质较钝而肯用功的人所常犯的。他们一味读死书，古人所说的无论正确不正确，都不分皂白地接受过来，吟咏赞叹，自己毫不用思考求融会贯通，更没有一点冒险的精神，自己去求新发现，这是学而不思，孔子对于这种办法所下的评语是"罔"，意思就是说无用。

学问全是自家的事。环境好、图书设备充足、有良师益友指导启发，当然有很大的帮助。但是这些条件具备不一定能保障一个人在学问上有成就，世间也有些在学问上有成就的人并不具这些条件。最重要的因素是个人自己的努力。学问是一件艰苦的事，许多人不能忍耐它所必经的艰苦。努力之外，第二个重要的因素是认清方向与门径。入手如果走错了路，愈努力则入迷愈深，离题愈远。比如学写字、诗文或图画，一走上庸俗恶劣的路，后来如果想把它丢开，比收覆水还更困难，习惯的力量比什么都较沉重，世间有许多人像在努力做学问，只是陷入"野狐禅"，高自期许而实荒谬绝伦，这个毛病只有良师益友可以挽救。学校教育，在我想，只有两个重要的功用：第一是启发兴趣，其次就是指点门径。现在一般学校不在这两方面努力，只尽量灌输死板的知识。这种教育对于学问不仅无裨益而且是障碍！

咬文嚼字

咬文嚼字有时是一个坏习惯，所以这个成语的含义通常不很好。但是在文学，无论阅读或写作，我们必须有一字不肯放松的谨严。

郭沫若先生的剧本里婵娟骂宋玉说："你是没有骨气的文人！"上演时他自己在台下听，嫌这话不够味，想在"没有骨气的"下面加"无耻的"三个字。一位演员提醒他把"是"改为"这"，"你这没有骨气的文人！"就够味了。他觉得这字改得很恰当。他研究这两种语法的强弱不同，"你是什么"只是单纯的叙述语，没有更多的意义，有时或许竟会"不是"；"你这什么"便是坚决的判断，而且还必须把附带语省略去了。根据这种见解，他把另一文里"你有革命家的风度"一句话改为"你这革命家的风度"。

这是炼字的好例，我们不妨借此把炼字的道理研究一番。那位演员把"是"改为"这"，确实改得好，不过郭先生如果记得《水浒》，就会明白一般民众骂人，都用"你这什么"式的语法。石秀骂梁中书说："你这与奴才做奴才的奴才！"杨雄醉骂潘巧云说："你这贱人！你这淫妇！你这你这大虫口里倒涎！你这你这……"一口气就骂了六个"你这"。看看这些实例，"你这什么"倒不仅是"坚决的判断"，而是带有极端憎恶的惊叹语，表现着强烈的情感。"你是什么"便只是不带情感的判断，纵有情感也不能在文字本身上见出。不过它也不一定就是"单纯的叙述语，没有更多的含义"。《红楼梦》里茗烟骂金荣说："你是个好小子，出来动一动你茗大爷！"这里"你是"含有假定语气，也带"你不是"一点讥刺的意味。如果改成"你这好小子！"神情就完全不对了。从此可知"你这"式语法并非在任何情形之下都比"你是"式语法来得更有力。其次，郭先生援例把"你有革命家的风度"改为"你这革命家的风度"，似乎改得并不很妥。一、"你这"式语法大半表示深恶痛嫉，在赞美时便不适宜。二、"是"在逻辑上是连接词，相当于等号。"有"的性质完全不同，在"你有革命家的风度"一句中，风度是动词的宾词。在"你这革命家的风度"中，风度便变成主词和"你（的）"平行。根本不成一句话。

这番话不免啰唆，但是我们原在咬文嚼字，非这样锱铢必较不可。咬文嚼字有时是一个坏习惯，所以这个成语的含义通常不很好。但是在文学，无论阅读或写作，我们必须有一字不肯放松的谨严。文学借文字表现思想情感，文字上面有含糊，就显得思想还没有透彻，情感还没有凝炼。咬文嚼字，在表面上像只是斟酌文字的分量，在实际上就是调整思想和情感。从来没有一句话换一个说法而意味仍完全不变。例如《史记》李广射虎一段：

> "广出猎，见草中石以为虎而射之，中石没镞，视之，石也。因复更射之，终不能复入石矣。"

这本是一段好文章，王若虚在《史记辨惑》里说它"凡多三石字"，当改为：

> "以为虎而射之，没镞，既知其为石，因更复射，终不能入。"

或改为：

> "尝见草中有虎，射之，没镞，视之，石也。"

在表面上似乎改得简洁些，却实在远不如原文。见

"草中石，以为虎"并非"见草中有虎"。原文"视之，石也"，有发现错误而惊讶的意味，改为"既知其为石"便失去这意味。原文"终不能复入石矣"有失望而放弃得很斩截的意味，改为"终不能入"便觉索然无味。这种分别，稍有文字敏感的人细心玩索一番，自会明白。

一般人根本不了解文字和情感的密切关系，以为更改一两个字不过是要文字顺畅些或是漂亮些。其实更动了文字就同时更动了思想情感，内容和形式是相随而变的。姑举一个人人皆知的实例。韩愈在月夜里听见贾岛吟诗，有"鸟宿池边树，僧推月下门"两句，劝他把"推"字改为"敲"字。这段文字因缘古今传为美谈，于今人要把咬文嚼字的意思说得好听一点，都说"推敲"。古今人也都赞赏"敲"字比"推"字下得好，其实这不仅是文字上的分别，同时也是意境上的分别。"推"固然显得鲁莽一点，但是它表示孤僧步月归寺门，原来是他自己掩的，于今他推。他须自掩自推，足见寺里只有他孤零零的一个和尚。在这冷寂的场合，他有兴致出来步月，兴尽而返，独往独来，自在无碍。他也自有一副胸襟气度。"敲"就显得他拘礼些，也就显得寺里有人应门。他仿佛是乘月夜访友，他自己不甘寂寞，那寺里假如不是热闹场合，至少也有一些温暖的人情。比较起来，"敲"的空气没有"推"的那么冷寂。就上句"鸟宿池边树"看来，"推"似乎比"敲"要调和些。"推"可以无声，"敲"就不免剥啄有声。惊起了宿鸟，打破了岑寂，也似乎平添了搅扰。所以我很怀疑韩愈的修改是否真如古今所称赏的那么妥当。究竟哪一种意境是贾岛当时在心里玩索而要表现的，只有他自己知道。如果他想到"推"而下"敲"字，或是想到"敲"而下"推"字，我认为那是不可能的事。所以问题不在"推"字和"敲"字哪一个比较恰当，而在哪一种境界是他当时所要说的而且与全诗调和的。在文字上"推敲"，骨子里实在是在思想情感上"推敲"。

无论是阅读或是写作，字的难处在意义的确定与控制。字有直指的意义，有联想的意义。比如说"烟"，它的直指的意义见过燃烧体冒烟的人都会明白。只是它的联想的意义迷离不易捉摸，它可以联想到燃烧弹，鸦片烟榻，庙里焚香，"一川烟水"，"杨柳万条烟"，"烟光凝而暮山紫"，"蓝田日暖玉生烟"……种种境界。直指的意义载在字典，有如月轮，明显而确实；联想的意义是文字在历史过程上所累积的种种关系。有如轮外月晕，晕外霞光。其浓淡大小随人随时随地而各各不同，变化莫测。科学的文字越限于直指的意义就越精确，文学的文字有时却必须顾到联想的意义，尤其是在诗方面。直指的意义易用，联想的意义却难用，因为前者是固定的后者是游离的，前者偏于类型后者偏于个性。既是游离的、个别的，它就不易控制。而且它可以使意蕴丰富，也可以使意义含糊甚至支离。比如说苏东坡的"惠山烹小龙团"诗里三四两句"独携天上小团月，来试人间第二泉"，"天上小团月"是由"小龙团"茶联想起来的，如果你不知道这个关联，原文就简直不通。如果你不了解明月照着泉水和清茶泡在泉水里那一点共同的情沁肺腑的意味，也就失去原文的妙处。这两句诗的妙处就在不即不离若隐若约之中。它比用"惠山泉水泡小龙团茶"一句话来得较丰富，也来得较含混有蕴藉。难处就在于含混中显得丰富，由"独携小龙团，来试惠山泉"变成"独携天上小团月，来试人间第二泉"。这是点铁成金，文学之所以为文学就在这一点生发上面。

这是一个善用联想意义的例子，联想意义也最易误用而生流弊。联想起于习惯，习惯老是喜欢走熟路，熟路抵抗力最低，引诱性最大，一人走过，人人就都跟着走，越走就越平滑俗滥，没有一点新奇的意味。字被人用得太滥也是如此。从前作诗文的人都依靠《文料触机》《幼学琼林》《事类统编》之类书籍。要找辞藻典故，都到那里去乞灵。美人都是"柳腰桃面""王嫱西施"，才子都是"学富五车才高八斗"，谈风景必是"春花秋月"，叙离别不外"柳岸灞桥"，做买卖都有"端木遗风"，到现在用铅字排印书籍还是"付梓""杀青"。像这样例子举不胜举。它们是从前人所谓"套语"，我们所谓"滥调"。一件事物发生时立即使你联想到一些套语滥调，而你也就安于套语滥调，毫不斟酌地使用它们，并且自鸣得意。这就是近代文艺心理学家所说的"套板反应"（stock response）。一个人的心理习惯如果老是倾向于"套板反应"，他就根本与文艺无缘。因为就作者说，"套板反应"和创造的动机是仇敌；就读者说，它引不起新鲜而真切的情趣。一个作者在用字用词上离不掉"套板反应"，在运思布局上面，甚至在整个人生态度方面也就难免如此。不过习惯力量的深度常非我们的意料所及。沿着习惯去做总比新创更省力，人生来有惰性。常使我们不知不觉地一滑就滑到"套板反应"里去。你如果随便在报章杂志或是尺牍宣言里面挑一段文章来分析，你就会发现那里面的思想情感和语言大半都由"套板反应"起来的。韩愈谈他自己做古文"惟陈言之务去"。这是一句最紧要的教训。语言跟着思维情感走，你不肯用俗滥的语言自然也就不肯用俗滥的思想情感。你遇事就会朝深一层去想，你的文章也就是真正是

"作"出来的，不致落入下乘。

以上只是随便举实例说明咬文嚼字的道理，例子举不尽道理也说不完。我希望读者从这粗枝大叶的讨论中，可以领略运用文字所应有的谨严精神。本着这个精神，他随处留心玩索，无论是阅读或写作，就会逐渐养成创作和欣赏都必需的好习惯。他不能懒不能粗心，不能受一时兴会所生的幻觉迷惑而轻易自满。文学是艰苦的事，只有刻苦自励，推陈翻新，时时求思想情感和语文的精炼与吻合，他才会逐渐达到艺术的完美。

散文的声音节奏

领悟文字的声音节奏，是一件极有趣的事。

咬文嚼字应从意义和声音两方面着眼。上篇我们只谈推敲字义，没有提到声音。声音与意义本不能强分，有时意义在声音上见出还比在习惯的联想上见出更微妙，所以有人认为讲究声音是行文的最重要的功夫。我们把这问题特别另作专篇来讨论，也就因为这个缘故。我们把诗除外，因为诗要讲音律，是人人都知道的，而且从前人在这方面已经说过很多的话。至于散文的声音节奏在西方虽有语音学专家研究，在我国还很少有人注意。一般人谈话写文章（尤其是写语体文），都咕咕喽喽地滚将下去，管他什么声音节奏！

从前人做古文，对声音节奏却也讲究。朱子说："韩退之、苏明允作文，只是学古人声响处，尽一生死力为之。"韩退之自己也说："气盛则言之短长与声之高下皆宜。"清朝桐城派文家学古文，特重朗诵，用意就在揣摩声音节奏。刘海峰谈文，说："学者求神气而得之音节，求音节而得之字句，思过半矣。"姚姬传甚至谓："文章之精妙不出字句声色之间，舍此便无可窥寻。"此外古人推重声音的话还很多，引不胜引。

声音对于古文的重要可以从几个实例中看出。

范文正公作《严先生祠堂记》，收尾四句歌是："云山苍苍，江水泱泱，先生之德，山高水长。"他的朋友李太伯看见，就告诉他："公此文一出名世，只一字未妥。"他问何字，李太伯说："先生之德不如改先生之风。"他听了很高兴，就依着改了。"德"字与"风"

字在意义上固然不同，最重要的分别还在声音上面。"德"字仄声音哑，没有"风"字那么沉重响亮。

相传欧阳公作《昼锦堂记》已经把稿子交给来求的人，而那人回去已经走得很远了，猛然想到开头两句"仕宦至将相，锦衣归故乡"，应加上两个"而"字，改为"仕宦而至将相，锦衣而归故乡"，立刻就派人骑快马去追赶，好把那两个"而"字加上。我们如果把原句和改句朗诵来比较看，就会明白这两个"而"字关系确实重大。原句气局促，改句便很舒畅；原句意直率，改句便有抑扬顿挫。从这个实例看，我们也可以知道音与义不能强分，更动了声音就连带地更动了意义。"仕宦而至将相"比"仕宦至将相"意思多了一个转折，要深一层。

古文难于用虚字，最重要的虚字不外承转词（加上字"而"字），肯否助词（如"视之，石也"的"也"字），以及惊叹疑问词（如"独吾君也乎哉？"句尾三虚字）几大类。普通说话声音所表现的神情也就在承转、肯否、惊叹、疑问等地方见出，所以古文讲究声音，特别在虚

人看多了，还是书好看啊

字上做功夫。《孔子家语》往往抄袭《檀弓》而省略虚字，神情便比原文差得远。例如"仲子亦犹行古之道也"（《檀弓》）比"仲子亦犹行古人之道"（《孔子家语》），"吾恶夫涕之无从也"（《檀弓》）比"吾恶夫涕而无以将之"（《孔子家语》），"夫子为弗闻也者而过之"（《檀弓》）比"夫子为之隐佯不闻以过之"（《孔子家语》），风味都较隽永。柳子厚《钴姆潭记》收尾于"于以见天之高，气之迥，孰使予乐居夷而忘故土者，非兹潭也欤？"如果省去两个"之"字为"天高气迥"，省去"也"字为"非兹潭欤？"风味也就不如原文。

古文讲究声音，原不完全在虚字上面，但虚字最为紧要。此外段落的起伏开合，句的长短，字的平仄，文的骈散，都与声音有关。这须拿整篇文章来分析，才说得明白，不是本文篇幅所许可的。从前文学批评家常用"气势""神韵""骨力""姿态"等词，看来好像有些弄玄虚，其实他们所指的只是种种不同的声音节奏，声音节奏在科学文里可不深究，在文学文里却是一个最主要的成分，因为文学须表现情趣，而情趣就大半要靠声音节奏来表现，犹如在说话时，情感表现于文字意义的少，表现于语言腔调的多，是一个道理。从前人研究古文，特别着重朗读。姚姬传说："大抵学古文者必要放声疾读，又缓读，只久之自悟。若但能默看，即终身作外行也。"读有读的道理，就是从字句中抓住声音节奏，从声音节奏中抓住作者的情趣、"气势"或"神韵"。自己作文，也要常拿来读读，才见出声音是否响亮，节奏是否流畅。

领悟文字的声音节奏，是一件极有趣的事。普通人以为这要耳朵灵敏，因为声音要用耳朵听才生感觉。就我个人的经验来说，耳朵固然要紧，但是还不如周身筋肉。我读音调铿锵、节奏流畅的文章，周身筋肉仿佛作同样有节奏的运动；紧张，或是舒缓，都产生出极愉快的感觉。如果音调节奏上有毛病，我的周身筋肉都感觉局促不安，好像听厨子刮锅烟似的。我自己在作文时，如果碰上兴会，筋肉方面也仿佛在奏乐，在跑马，在荡舟，想停也停不住。如果意兴不佳，思路枯涩，这种内在的筋肉节奏就不存在，尽管费力写，写出来的文章总是吱咯吱咯的，像没有调好的弦子。我因此深信声音节奏对于文章是第一件要事。

我们放弃了古文来做语体文，是否还应该讲声音节奏呢？维护古文的人认为语体文没有音调，不能拉着嗓子读，于是就认为这是语体文的一个罪状。做语体文的人往往回答说：文章原来只是让人看的，不是让人唱的，根本就用不着什么音调。我看这两方面的话都不很妥当。既然是文章，无论古今中外，都离不掉声音节奏。古文和语体文的不同，不在声音节奏的有无，而在声音节奏形式化的程度大小。古文的声音节奏多少是偏于形式的，你读任何文章，大致都可以拖着差不多的调子。古文能够拉着嗓子读，原因也就在它总有个形式化的典型，犹如歌有乐谱，固然每篇好文章于根据这个典型以外还自有个性。语体文的声音节奏就是日常语言的，自然流露，不主故常。我们不能拉着嗓子读语体文，正如我们不能拉着嗓子谈话一样。但是语体文必须念着顺口，像谈话一样，可以在长短、轻重、缓急上面显出情感思想的变化和生展。古文好比京戏，语体文好比话剧。它们的分别是理想与写实，形式化与自然流露的分别。如果讲究得好，我相信语体文比古文的声音节奏应该更生动，更有味。

不拘形式，纯任自然，这是语体文声音节奏的特别优点。因此，古文的声音节奏容易分析，语体文的声音节奏却不易分析。刘海峰所说的"无一定之律，而有一定之妙"，用在语体文比用在古文上面还更恰当。我因为要举例说明语体文的声音节奏，拿《红楼梦》和《儒林外史》来分析，又拿老舍、朱自清、沈从文几位文字写得比较好的作家来分析，我没有发现旁的诀窍，除掉"自然""干净""浏朗"几个优点以外。比如说《红楼梦》二十八回宝玉向黛玉说心事：

　　当初姑娘来了，那不是我陪着顽笑！凭我

心爱的，姑娘要，就拿去；我爱吃的，听见姑娘也爱吃，连忙的收拾的干干净净，收着；等着姑娘到来，一桌子吃饭，一床儿上睡觉。丫头们想不到的，我怕姑娘生气，我替丫头们想到。我心里想着：姊妹们从小儿长大，亲也罢，热也罢，和气到了底，才见的比别人好。如今谁承望姑娘人大心大，不把我放在眼睛里！……

这只是随便挑出的，你把全段念着看，看它多么顺口，多么能表情，一点不做作，一点不拖沓。如果你会念，你会发现它里面也有很好的声音节奏。它有骈散交错，长短相间，起伏顿挫种种道理在里面，虽然这些都是出于自然，没有很显著的痕迹。

我也分析过一些写得不很好的语体文，发现文章既写得不好，声音节奏也就不响亮流畅。它的基本原因当然在作者的思路不清楚，情趣没有洗练得好，以及驾驭文字的能力薄弱。单从表面看，语体文的声音节奏有毛病，大致不外两个原因。第一个原因是文白杂糅，像下面随意在流行的文学刊物上抄来的两段：

摆夷的垄山多半是在接近村寨的地方，并且是树林荫翳，备极森严。其中荒冢累累，更增凄凉的成分。这种垄山恐怕就是古代公有墓园的遗风。故祭垄除崇拜创造宇宙的神灵外，还有崇拜祖先的动机。……

他的丑相依然露在外面，欺哄得过的无非其同类不求认识人格之人而已。然进一步言之，同类人亦不能欺哄，因同类人了解同类人尤其清楚。不过，有一点可得救的，即他们不求自反自省，所以对人亦不曾，且亦不求分析其最后之人格，此所以他们能自欺兼以欺人……

这些文章既登在刊物上，当然不能算是最坏的例子，可是念起来也就很"别扭"。我们不能像读古文一样拖起调子来哼，又不能用说话或演戏的腔调来说。第一例用了几句不大新鲜的文言，又加上"增""故"两个作文言文用法的字，显得非驴非马，和上下文不调和。第二例除掉杂用文言文的用字法以外，在虚字上面特别不留心。你看："无非……而已……然……不过……即……所以……亦……且亦……此所以……兼以……"一条线索多么纠缠不清！语体文的字和词不够丰富，须在文言文里借用，这是无可反对的。语体文本来有的字和词，丢着不用，去找文言文的代替字，那何不索性做文言文？最不调和的是在语体文中杂用文言文所特有的语句组织，使读者不知是哼好还是念好。比如说，"然进一步言之，同类人亦不能欺哄，因同类人了解同类人尤其清楚"一段话，如果写成纯粹的语体文，就应该是："但是进一步来说，同类人也难得欺哄，因为同类人了解同类人更加清楚。"这样地，我们说起来才顺口，才有自然的节奏。

其次，没有锤炼得好的欧化文在音调节奏上也往往很糟，像下面的例子：

当然这不是说不要想象，而且极需要想象给作品以生动的色彩。但是想象不是幻想而是有事实，或经验作根据。表现可能的事实，这依然对现象忠实，或者更忠实些。我们不求抓住片段的死的事实，而求表现真理。因为真理的生命和常存，那作品也就永远是活的。……

春来了，花草的生命充分表现在那嫩绿的枝叶和迷乱的红云般花枝，人的青春也有那可爱的玉般肢体和那苹果似的双颊呈现……

作者很卖气力，我们可以想象得到；但是这样生硬而笨重的句子里面究竟含有什么深奥的道理？第一例像是一段生吞活剥的翻译，思路不清楚，上下不衔接（例如第一句"而且"接什么?"可能的事实"成什么话?
作者究竟辩护想象,还是主张对现象忠实,还是赞扬真
理?),音调节奏更说不上。第二例模仿西文堆砌形容
词,把一句话(本来根本不成话,那双颊是人的还是青
春的?)拖得冗长,念起来真是佶屈聱牙。从这个实例
看,我们可以明白思路和节奏的密切关系,思想错乱,
节奏就一定错乱;至于表面上欧化的痕迹还是次要的原
因。适宜程度的欧化是理应提倡的,但是本国语文的特
性也应当顾到。用外国文语句构造法来运用中文,用不
得当,就像用外国话腔调说中国话一样滑稽可笑。

我在这里只是随意举例说明声音节奏上的毛病,对
所引用的作者并非要作恶意的批评,还请他们原谅。语
体文还在试验时期,错误人人都难免。我们既爱护语体
文,就应努力使它在声音节奏上比较完美些,多给读者
一些愉快,少给责难者一些口实。这事要说是难固然是
难,要说是容易也实在容易。先把思想情感洗练好,下
笔时你就当作你是在谈话,让思想情感源源涌现,力求

自然。你在向许多人说话，要说服他们，感动他们，当然不能像普通谈话那样无剪裁，无伦次。你须把话说得干净些，响亮些，有时要斩截些，有时要委婉些。照这样办，你的文章在声音节奏上就不会有毛病。旁人读你的文章，就不但能明白你的意思，而且听得见你的声音，看得见你的笑貌。"如闻其语，如见其人。"你于是成为读者的谈心的朋友，你的话对于他也就亲切有味。

聪敏者唯唯否否　圆滑无角

奸猾者钻营竞逐　钓禄取宠

怀疑一切
也向往一切

谈谦虚

谦虚并非故意自贬身价，作客套应酬，像虚伪者所常表现的假面孔。

说来说去，做人只有两桩难事，一是如何对付他人，一是如何对付自己。这归根还只是一件事，最难的事还是对付自己，因为知道如何对付自己，也就知道如何对付他人，处世还是立身的一端。

自己不易对付，因为对付自己的道理有一个模棱性，从一方面看，一个人不可无自尊心，不可无我，不可无人格。从另一方面看，他不可有妄自尊大心，不可执我，不可任私心成见支配。总之，他自视不宜太小，却又不宜太大，难处就在调剂安排，恰到好处。

自己不易对付，因为不容易认识，正如有力不能自举，有目不能自视。当局者迷，旁观者清。我们对于自己是天生成的当局者而不是旁观者，我们自囿于"我"的小圈子，不能跳开"我"来看世界，来看"我"，没有透视所必需的距离，不能取正确观照所必需的冷静的客观态度，也就生成地要执迷，认不清自己，只任私心、成见、虚荣、幻觉种种势力支配，把自己的真实面目弄得完全颠倒错乱。我们像蚕一样，作茧自缚，而这茧就是自己对于自己所错认出来的幻象。真正有自知之明的人实在不多见。"知人则哲"，自知或许是哲以上的事。"知道你自己"一句古训所以被称为希腊人最高智慧的结晶。

"知道你自己"，谈何容易！在日常自我估计中，道理总是自己的对，文章总是自己的好，品格也总是自己的高，小的优点放得特别大，大的弱点缩得特别小。人常"阿其所好"，而所好者就莫过于自己。自视高，旁人如果看得没有那么高，我们的自尊心就遭受了大打击，心中就结下深仇大恨。这种毛病在旁人，我们就马上看出；在自己，我们就熟视无睹。

希腊神话中有一个故事。一位美少年纳西司（Narcissus）自己羡慕自己的美，常伏在井栏上俯瞰水里自己的影子，愈看愈爱，就跳下去拥抱那影子，因此就落到井里淹死了。这寓言的意义很深永。我们都有几分"纳西司病"，常因爱看自己的影子堕入深井而不自知。照镜子本来是好事，我们对于不自知的人常加劝告："你去照照镜子看！"可是这种忠告是不聪明的，他看来看去，还是他自己的影子，像纳西司一样，他愈看愈自鸣得意，他的真正面目对于他自己也就愈模糊。他的最好的镜子是世界，是和他同类的人。他认清了世界，认清了人性，自然也就会认清自己，自知之明需要很深厚的学识经验。

德尔斐神谕宣示希腊说：苏格拉底是他们中间最大的哲人。而苏格拉底自己的解释是：他本来和旁人一样无知，旁人强不知以为知，他却明白自己的确无知，他比旁人高一着，就全在这一点。苏格拉底的话老是这样浅近而深刻，诙谐而严肃。他并非说客套的谦虚话，他真正了解人类知识的限度。"明白自己无知"是比得上苏格拉底的那样哲人才能达到的成就。有了这个认识，他不但认清了自己，多少也认清了宇宙。孔子也仿佛有这种认识。他说："吾有知乎哉，无知也。"他告诉门人："知之为知之，不知为不知，是知也。"所谓"不知之知"正是认识自己所看到的小天地之外还有无边世界。

这种认识就是真正的谦虚。谦虚并非故意自贬身价，作客套应酬，像虚伪者所常表现的假面孔。它是起于自知之明，知道自己所已知的比起世间所可知的非常渺小，未知世界随着已知世界扩大，愈前走发见天边愈远。他发见宇宙的无边无底，对之不能不起崇高雄伟之感，反观自己渺小，就不能不起谦虚之感，谦虚必起于自我渺小的意识，谦虚者的心目中必有一种为自己所不知不能的高不可攀的东西，老是要抬着头去望它。这东西可以是全体宇宙，可以是圣贤豪杰，也可以是一个崇高的理想。一个人必须见地高远，"知道天高地厚"才能真正地谦虚；不知道天高地厚的人就老是觉得自己伟大，海若未曾望洋，就以为"天下之美尽在己"。谦虚有它消极方面，就是自我渺小的意识；也有它积极方面，就是高远的瞻瞩与恢阔的胸襟。

看浅一点，谦虚是一种处世哲学。"人道恶盈而喜谦"，人本来没有可盈的时候，自以为盈，就无法再有所容纳，有所进益。谦虚是知不足，知不足然后能自强。一切自然节奏都是一起一伏。引弓欲张先弛，升高欲跳先蹲，谦虚是进取向上的准备。老子譬道，常用谷和水。"谷神不死""旷兮其若谷""上善若水""天下莫柔弱于水而攻坚强者莫之能胜"。谷虚所以有容，水柔所以不毁。人的谦虚可以说是取法于谷和水，它的外表虽是空旷柔弱，而它的内在的力量却极刚健。大易的谦卦六爻皆吉。

作易的人最深知谦的力量，所以说，"谦尊而光，卑而不可逾"。道家与儒家在这一点认识上是完全相同的。这道理好比打太极拳，极力求绵软柔缓，可是"四两拨千斤"，极强悍的力士在这轻推慢挽之前可以望风披靡。古希腊的悲剧作者大半是了解这个道理的，悲剧中的主角往往以极端的倔强态度和不可以倔强胜的自然力量（希腊人所谓神的力量）搏斗，到收场时一律被摧毁，悲剧的作者拿这些教训在观众心中引起所谓"退让"（resignation）情绪，使人恍然大悟在自然大力之前，人是非常渺小的，人应该降下他的骄傲心，顺从或接受不可抵制的自然安排。这思想在后来耶稣教中也很占势力。近代科学主张"以顺从自然去征服自然"，道理也是如此。

看深一点，谦虚是一种宗教情绪。这道理在上文所说的希腊悲剧中已约略可见。宗教都有一个被崇拜的崇高的对象，我们向外所呈献给被崇拜的对象是虔敬，向内所对待自己的是谦虚。虔敬和谦虚是宗教情绪的两方面，内外相应相成。这种情绪和美感经验中的"崇高意识"（sense of the sublime）以及一般人的英雄崇拜心理是相同的。我们突然间发现对象无限伟大，无形中自觉此身渺小，于是栗然生畏，肃然起敬。但是惊心动魄之余，就继以心领神会，物我交融，不知不觉中把自己也提升到那同样伟大的境界。对自然界的壮观如此，对伟大的英雄如此，对理想中所悬的全知全能的神或尽善尽美的境界也是如此。在这种心境中，我们同时感到自我的渺小和人性的尊严，自卑和自尊打成一片。

我们姑且拿两首人人皆知的诗来说明这个道理。一是陈子昂的，"前不见古人，后不见来者，念天地之悠悠，独怆然而涕下！"一是杜甫的，"侧身天地常怀古""独立苍茫自咏诗"。我们试玩味两诗所表现的心境。在这种际会，作者还是觉得上天下地，唯我独尊，因而踌躇满志呢？还是四顾茫茫，发现此身渺小而恍然若有所失呢！这两种心境在表面上是相反的，而在实际上却并行不悖，形成哲学家们所说的"相反者之同一"。在这种际会，骄傲和谦虚都失去了它们的寻常意义，我们骄傲到超出骄傲，谦虚到泯没谦虚。我们对庄严的世相呈献虔敬，对蕴藏人性的"我"也呈献虔敬。

有这种情绪的人才能了解宗教，释迦和耶稣都富于这种情绪，他们极端自尊也极端谦虚。他们知道自尊必从谦虚做起，所以立教特重谦虚。佛家的大戒是"我执""我谩"。佛家的哲学精义在"破我执"。佛徒在最初时期都须以行乞维持生活，所以叫做"比丘"。行乞是最好的谦虚训练。耶稣常溷身下层阶级，一再告诫门徒说："凡自己谦卑像这小孩的，他在天国里就是最大的。""你们中间谁为大，谁就要做你们的用人，自高的必降为卑，自卑的必升为高。"这教训在中世纪发生极大影响，许多僧侣都操贱役，过极刻苦的生活，去实现谦卑（humiliation）的理想，圣佛兰西斯是一个很美的例证。

耶佛和其他宗教都有膜拜的典礼，它的意义深可玩味。在只是虚文时，它似很可鄙笑；在出于至诚时，它却是虔敬和谦虚的表现，人类可敬的动作就莫过于此。

人难得弯下这个腰杆，屈下这双膝盖，低下这颗骄傲的头，在真正可尊敬者的面前"五体投地"。有一次我去一个法会听经，看见皈依的信士们进来时恭恭敬敬地磕一个头，出去时又恭恭敬敬地磕一个头。我很受感动，也觉得有些尴尬。我所深感惭愧的倒不是人家都磕头而我不磕头，而是我的衷心从来没有感觉到有磕头的需要。我虽是愚昧，却明白这足见性分的浅薄。我或是没有脱离"无明"，没有发现一种东西叫我敬仰到须向它膜拜的程度；或是没有脱离"我谩"，虽然发现了可膜拜者而仍以膜拜为耻辱。

"我谩"就是骄傲，骄傲是自尊情操的误用。人不可没有自尊情操，有自尊情操才能知耻，才能有所谓荣誉意识（sense of honour），才能有所为有所不为，也才能发奋向上。孔子说"知耻近乎勇"，和《学记》的"知不足然后能自强"，《易经》的"谦尊而光，卑而不可逾"两句名言意义骨子里相同。近代心理学家阿德勒（Adler）把这个道理发挥得最透辟。依他看，我们有自尊心，不甘居下流，所以发现了自己的缺陷，就引以为耻，在心理形成所谓"卑劣结"（inferiority complex），同时激起所谓"男性抗议"（masculine protest），要努力弥补缺陷，消除卑劣，来显出自己的尊严。努力的结果往往不但弥补缺陷，而且所达到的成就反比本来没有缺陷的更优越。希腊的德摩斯梯尼斯本来口吃，不甘心受这缺陷的限制，发愤练习演说，于是成为最大的演说家。中国孙子因膑足而成兵法，左丘明因失明而成《国语》，司马迁因受宫刑而作《史记》，道理也是如此。阿德勒所谓"卑劣结"其实就是谦虚，"知耻"，或"知不足"；他的"男性抗议"就是"自强"，"近乎勇"或"卑而不可逾"。从这个解释，我们也可以看出谦虚与自尊心不但并不相反，而且是息息相通。真正有自尊心者才能谦虚，也才能发奋为雄。"尧，人也，舜，人也，有为者亦若是"。在作这种打算时，我们一方面自觉不如尧舜，那就是谦虚；一方面自觉应该如尧舜，那就是自尊。

骄傲是自尊情操的误用，是虚荣心得到廉价的满足。

虚荣心和幻觉相连，有自尊而无自知。它本来起于社会本能——要见好于人；同时也带有反社会的倾向，要把人压倒，它的动机在好胜而不在向上，在显出自己的荣耀而不在理想的追寻。虚荣加上幻觉，于是在人我比较中，我们比得胜固然自骄其胜，比不胜也仿佛自以为胜，或是丢开定下来的标准，另寻自己的胜处。我们常暗地盘算：你比我能干，可是我比你有学问；你干的那一行容易，地位低，不重要，我干的才是真正了不起的事业；你的成就固然不差，可是如果我有你的地位和机会，我的成就一定比你更好。总之，我们常把眼睛瞟着四周的人，心里作一个结论："我比你强一点！"于是伸起大拇指，洋洋自得，并且期望旁人都甘拜下风，这就是骄傲。人之骄傲，谁不如我？我以压倒你为快，你也以压倒我为快。无论谁压倒谁，妒忌、愤恨、争斗以及它们所附带的损害和苦恼都在所难免。人与人，集团与集团，国家与国家，中间许多灾祸都是这样酿成的。"礼至而民不争"，礼之端就是辞让，也就是谦虚。

欢喜比照人己而求己比人强的人大半心地窄狭，谩世傲物的人要归到这一类。他们昂头俯视一切，视一切为"卑卑不足道"，"望望然去之"。阮籍能为青白眼，古今传为美谈。这种谩世傲物的态度在中国向来颇受人重视。从庄子的"让王"类寓言起，经过魏晋清谈，以至后世对于狂士和隐士的崇拜，都可以表现这种态度的普遍。这仍是骄傲在作祟。在清高的烟幕之下藏着一种颇不光明的动机。"人都龌龊，只有我干净"（所谓"世人皆浊我独清"），他们在这种自信或幻觉中沉醉而陶然自乐。熟看《世说新语》，我始而羡慕魏晋人的高标逸致，继而起一种强烈的反感，觉得那一批人毕竟未闻大道，整天在臧否人物，自鸣得意，心地毕竟局促。他们忘物而未能忘我，正因其未忘我而终亦未能忘物，态度毕竟是矛盾。魏晋人自有他们的苦闷，原因也就在此。"人都龌龊，只有我干净。"这看法或许是幻觉，或许是真理。如果它是幻觉，那是妄自尊大；如果它是真理，就引以自豪，也毕竟是小气。孔子、释迦、耶稣诸人未尝没有这种看法，可是他们的心理反应不是骄傲而是怜悯，不是遗弃而是援救。长沮、桀溺说："滔滔者天下皆是，而谁以易之？"孔子说："鸟兽不可与同群，吾非斯人之徒之与而谁与？"这是谩世傲物者与悲天悯人者在对人对己的态度上的基本分别。

人生本来有许多矛盾的现象，自视愈大者胸襟愈小，自视愈小者胸襟愈大。这种矛盾起于对于人生理想所悬的标准高低。标准悬得愈低，愈易自满；标准悬得愈高，愈自觉不足。虚荣者只求胜过人，并不管所拿来和自己比较的人是否值得做比较的标准。只要自己显得是长子，就在矮人国中也无妨。孟子谈交友的对象，分出"一乡之善士""一国之善士""天下之善士""古之人"四个层次。我们衡量人我也要由"一乡之善士"扩充到"古之人"。大概性格愈高贵，胸襟愈恢阔，用来衡量人我的尺度也就愈大，而自己也就显得愈渺小。一个人应该有自己渺小的意识，不仅是当着古往今来的圣贤豪杰的面前，尤其是当着自然的伟大，人性的尊严和时空的无限。你要拿人比自己，且抛开张三李四，比一比孔子、释迦、耶稣、屈原、杜甫、米开朗琪罗、贝多芬，或是爱迪生！且抛开你的同类，比一比太平洋、大雪山、诸行星的演变和运行，或是人类知识以外的那一个茫茫宇宙！在这种比较之后，你如果不为伟大崇高之感所撼动而俯首下心，肃然起敬，你就没有人性中最高贵的成分。你如果不盲目，看得见世界的博大，也看得见世界的精微，你想一想，世间哪里有临到你可凭以骄傲的？

在见道者的高瞻远瞩中，"我"可以缩到无限小，也可以放到无限大。在把"我"放到无限大时，他们见出人性的尊严；在把"我"缩到无限小时，他们见出人性在自己小我身上所实现的非常渺小。这两种认识合起来才形成真正的谦虚。佛家法相一宗把叫做"我"的肉体分析为"扶根尘"，和龟毛兔角同为虚幻，把"我"的通常知见都看成幻觉，和镜花水月同无实在性。这可算把自我看成极渺小。可是他们同时也把宇宙一切，自大地山河以至玄理妙义，都统摄于圆湛不生灭妙明真心，万法唯心所造，而此心却为我所固有，所以"明心见性"，"即心即佛"。这就无异于说，真正可以叫做"我"的那种"真如自性"还是在我，宇宙一切都由它生发出来，"我"就无异于创世主。这对于人性却又看得何等尊严！不但宗教家，哲学家像柏拉图、康德诸人大抵也还是如此看法。我们先秦儒家的看法也不谋而合。儒本有"柔懦"的意义，儒家一方面继承"一命而偻，再命而伛，三命而俯，循墙而走"那种传统的谦虚恭谨，一方面也把"我"看成"与天地合德"。他们说："返身而诚，万物皆备于我矣。""能尽人之性，则能尽物之性；能尽物之性，则可以赞天地之化育，与天地参矣。"他们拿来放在自己肩膀上的责任是"为天地立心，为生民立命，为往圣继绝学，为万世开太平"。这种"顶天立地，继往开来"的自觉是何等尊严！

意识到人性的尊严而自尊，意识到自我的渺小而自谦，自尊与自谦合一，于是法天行健，自强不息，这就是《易经》所说的"谦尊而光，卑而不可逾"。

谈理想与现实[1]

——给《申报周刊》的青年读者（一）

> 青年人不满意于现在，都欢喜在辽远的未来望出一个黄金时代。

朋友们：

《申报周刊》在暑期中成为给学生诸君的赠品，编辑者邀我给诸位写几封信。这番盛意颇使我踌躇。"戏仿自己"，在写作者是低级趣味的表现，我从前已经写过《十二封信》，现在如果再来这一套似不免贴"冯妇

怀疑一切，也向往一切

下车"之诮。而且说话作文，都要一时兴到，随感随发。预定货品，限期点交，不是我的能力所做得到的事。我只希望，以后我常有兴会和时间和诸位谈心。心里有话时就说，无话时就不说，免得使朋友间的通信成为种具文。

我常接到青年朋友的信，陈诉他们的烦闷。生在现代中国的青年，烦闷不能说是一种奢侈。一切烦闷都起于理想与现实的冲突。在现代中国，这种冲突比在任何时任何地都较剧烈。第一是内政和外交的不良，以及国民经济的破产，处处都令人对于国家前途悲观失望；第二是社会的不安影响到个人的学问事业。国家前途愈混沌，我们愈感觉到个人前途的渺茫。在学校肄业时代，多数人都受经济的压迫，到毕业以后，每个人都有失业的恐慌。虽然有一副热心肠要替社会做一番事业，社会总是不给你一个机会，纵然有了机会，社会积弊太深，你也往往觉得无从下手，有"独木难支大厦"之感。

在这种情形之下，青年总是抱怨环境，说自己不能有成就，有理想不能实现，完全是因为环境恶劣。这种心理未尝不可原谅，但究竟是怯懦懒怠的表现。一个人对于自己须负责任，自己不肯对自己负责任，把一切错都推诿到环境，正犹如中国民族现在不能自拔于贫弱，一味诿过于外国的富强一样，都是懦夫的举动。

我相信一个人如果有自信力和奋斗的决心，无论环境如何困难，总可以打出一条生路来。我有一个朋友，从小当兵出身，由小兵而升书记，每月只赚得三元五元钱的口粮，维持他的简单的生活，但他有自信力，有奋斗的决心，在誊写公文之暇看书写作，孜孜不辍，现在已成为中国的数一数二的小说家，——沈从文先生。我又有一个朋友，在中学当教员，嫌现在教育制度不好，要自己办一个中学来实现他的"人格教育"的理想，就赤手空拳地求得一块地皮，凑齐一笔基金，盖起一座房屋，创办一个新型学校。后来这个学校因为在江湾被日本兵毁了，他又赤手空拳地把它重建起来，他自己因为学校的事积劳成疾死了。他的理想虽没有完全实现，可是许多青年和许多朋友的头脑里都还深深地印着他办事的毅力和待人的诚恳，觉得中国还有好人，中国还有可为，——这是我生平所敬仰的无名英雄，为立达学园牺牲性命的匡互生[2]先生。此外我还可以举许多实例，诸位自己也可以想出许多例子证明一个人如果肯奋斗，一定可以打出一条生路来，环境不是绝对不可征服的。

我们中国人向来有一句老话："有志者事竟成。"在这个紧急关头，我希望每个中国青年都记着这句话。个人不放弃他的自信力和奋斗的决心，全民族不放弃它的自信和奋斗的决心，都脚踏实地做下去，前途决不像一般人所想象的那么黑暗。

人总要有志气，不过"志"字也容易引起误解。没有长翅膀想飞，没有学过军事学，当过兵，打过仗，而想将来做大元帅，没有循序渐进地学加、减、乘、除、比例、开方而想将来做算学上的发明家，那不是立"志"而是发狂妄的空想。"志"字的意义原来很混，它可以

2　匡互生(1891—1933)，五四运动天安门大会的策划者之一，1924年与夏丏尊、丰子恺等创办立达学社，后改为立达学园。

解作"意志"或"决心"（will），可以解作"愿望"（wish），也可以解作"目的"（purpose），即古训所谓"心之所之"。一般青年心目中的"志"，往往全是"愿望"，而"有志者事竟成"一句话中的"志"应该是兼含"意志"和"目的"二义。认清"目的"，和达到"目的"的路，下坚忍不拔的"决心"向那条路去走，不达"目的"不止，这才是"立志"的真正的定义。"愿望"往往只是一种狂妄的妄想。一个小孩子说他将来要做大总统，一个乞丐说他将来成了大阔佬以后要砍他的仇人的脑袋，完全不思量达到这种目的的方法和步骤如何，那决不能算是"立志"。

我很相信卢梭在《爱弥儿》里所说的一段话。他的大意是说人生幸福起于愿望与能力的平衡，一个人应该从幼小就学会在自己的能力范围以内起愿望，想做自己所能做的事，能做自己所想做的事。这番话出诸信任自由的卢梭，我觉得更是青年人难得的针砭。真正的自信力要有自知力做基础。一般青年不患不能自信，而患不能自知；不患没有志向，而患把妄想误认为志向；不患志向不能远大，而患不"度德量力"，不切实，想得到而做不到。

　　青年人不满意于现在，都欢喜在辽远的未来望出一个黄金时代。这比老年人把黄金时代摆在过去，固然较胜一筹，但是也有一种危险，就是容易走到逃避现实，只一味地在一种可望不可攀的理想世界里做梦。这种办法好像一个穷人不脚踏实地做工作，只在幻想他将来得了航空奖券，怎样去过富豪阔绰的日子。

　　成功的秘诀并不在幻想中树一个很高远的目标，并不在打航空奖券中彩后的计算，而在抓住现在，认清现在环境的事实，认清自己的责任与力量，觉得目前事应该怎样做，就去怎样做，不把现在应做的事拖延到未来再做。时时抓住现在，随机应变，未来的事到时自有办法。对于现在没有办法，对于未来也决不会有办法。因为未来转眼就变成现在，你今天不打今天的计算只打明天的计算；到了明天，今天的机会错过了，今天所应做的事你没有做；明天的环境变迁了，今天所打的明天的计算在明天又不能适用。"延"与"误"两字永远是联在一起写的。

我很佩服英国人，他们总是事到头来，才想办法。事没有来到头来，他们总是冷静地等待着，观察着，今天决不打明天的计算。但是他们也决不肯放弃现在的机会，觉得一件事应该去做，就马上去做，不张皇也不迟疑。他们的国家内政外交如此，个人经营的事业也是如此。他们不幻想未来，他们的老谋深算都费在抓住现在和认清现在上面。他们出死力抓住现在，事到头来时，他们总是不慌不忙地处理得很妥当，这种冷静沉着的态度就是值得我们观摩的。

每个人都应该有一种生活方法，有一种处理生活的信条。我常把我的信条称为"三此主义"，"三此"者"此身""此时""此地"。这个主义包含三项事：

一、此身应该做而且能够做的事，就得让此身（自己）去做，不推诿给旁人。

二、此时应该做而且能够做的事，就得在此时做，不拖延到未来再做。

三、此地应该做而且能够做的事，就得在此地做，不推诿到想象中的另一种环境去做。

举一个实例来说。我现在当教员，我不幻想到做教育部长时再去设法整顿中国教育，也不把中国教育腐败的责任推诿到教育部长的身上。"不在其位，不谋其政"，但是在何种"位"就应该谋何种"政"，我当教员，就应该做教员分内所应尽的事。

我的信条可以一言以蔽之："从现世修来世。"瞧不起现世，是中世纪耶教徒的错误。如果你让现在长留在地狱的情况里，来世也决不会有天堂。我希望每个中国青年不要让来世的天堂麻醉他的意志，且努力在我们现在这个世界里用自己的力量去实现天堂。

光潜

二十五年七月，北平

谈理想与事实
——给《申报周刊》的青年读者（五）

> 中国事有救与无救，就全要看这一代人的成功与失败。一发千钧，稍纵即逝。

朋友：

前几天有一位师范大学朱君来访，闲谈中他向我提出一个很严重的问题："现代社会恶浊，青年人所见到的事实和他自己所抱的理想常相冲突，比如毕业后做事就是一个大难关。如果要依照理想，廉洁自矢，守正不阿，则各机关大半是坏人把持住，你就根本不能插足进去，改造社会自然是谈不到。如果不择手段，依照中国人谋事的习惯法，奔走逢迎，献媚权贵，则你还没有改造社会，就已被社会腐化。我自己也很想将来替社会做一点事，但是又不愿同流合污，想到这一层，心里就万分烦恼。先生以为我们青年人处在这种两难的地位，究竟应该持什么一种态度呢？"

朱君所提出的只是理想与事实的冲突的一端。其实现在中国社会各方面，从家庭、婚姻、教育、内政、外交，以至于整个的社会组织，都处处使人感到事实与理想的冲突。每一个稍有良心的人从少到老都不免在这种冲突中挣扎奋斗，尤其是青年有志之士对于这种冲突特别感到苦恼。大半每个人在年轻时代都是理想主义者，欢喜闭着眼睛，在想象中造成一座堂华美丽的空中楼阁。后来入世渐深，理想到处碰事实的钉子，便不免逐渐牺牲理想而迁就事实。一到老年，事实就变成万能，理想就全置度外。聪敏者唯唯否否，圆滑不露棱角；奸猾者则钻营竞逐，窃禄取宠，行为肮脏而话却说得堂皇漂亮。

我们略放眼一看，就可以见出许多"优秀分子"的生命都形成这么一种三部曲的悲剧。

我常想，老年人难得的美德是尊重理想，青年人难得的美德是尊重事实。老年人我们姑且不去管他们，死在等待他们，他们纵然是改进社会的一个大累，不久也就要完事了。"既往不咎，来者可追。"我们这个时代的中国青年所负的责任特别繁重，中国事有救与无救，就全要看这一代人的成功与失败。一发千钧，稍纵即逝。这个时代的中国青年应该认清他们的责任，认清目前的特殊事实，以冷静而沉着的态度去解决事实所给的困难。最误事的是不顾事实而空谈理想。

我还记得那一次我回答朱君的话。我说：什么叫做"理想"？它不外有两种意义：一种是"可望而不可攀，可幻想而不可实现的完美"。比如说，在许多宗教中，理想的幸福是长生不老；它成为理想，就因为实际上没有人能长生不老。另一种是"一个问题的最完美的答案"或是"可能范围以内的最圆满的办法"。比如说，长生不老虽非人力所能达到，强健却是人力所能达到的。就人所能谋的幸福说，强健是一个合理的理想。这两种理想的分别在一个蔑视事实条件，一个顾到事实条件；一个渺茫空洞，一个有方法步骤可循。第一种理想是心理学家所谓想象中的欲望的满足，在宗教与文艺中自有它的重要，可是决不能适用于实际人生。在实际人生中，理想都应该是解决事实困难的最合理的答案。一个理想如果不能解决事实困难，永远与事实困难相冲突，那就可以证明那个理想本身有毛病，或者可以说，它简直不成其为理想。现代青年每遇心里怀着一个"理想"时，应该自己反省一遍，看它是属于我们所说的两种理想中的哪一种。如果它属于前一种，而他要实现它，那么，他就是迂诞、狂妄、浮躁、糊涂，没有别的话。如果它属于后一种，他就应该有决心毅力，有方法程次，按部就班地去使它实现。他就不应该因为理想与事实冲突而生苦恼或怨天尤人。

比如就青年说，有两个问题最切要：第一是怎样去学一点切实的学问；第二是学成之后，怎样找机会去做事。一般青年对于求学问题所感到的困难不外两种。一种是经济困难。在现在经济破产状况之下，十个人就有九个人觉到由小学而中学，由中学而大学这一笔费用不易筹措。天灾人祸，常出意外，多数青年学生都时时有被逼辍学的可能。另一种是学力问题。学校少而应试者多。比如几个稍好的大学每年都有四五千人应试，而录取额最多只有四五百名。十人之中就有九人势须向隅。这两种事实都是与青年学生理想相冲突的。一般青年似乎都以为读书必进大学，甚至于必进某某大学；如果因为经济或学力的欠缺，不能如自己所愿望，便以为学问之途对于自己是断绝了。我以为读书而悬进大学或出洋为最高标准，根本还是深中科举资格观念的余毒。做学问的机会甚多，如果一个人真是一个做学问的材料，他终久总可以打出一条路来。如果不是这种材料，天下事可做的甚多，又何必贪读书的虚荣？就是读书，一个人也只能在自己的特殊经济情形和资禀学力范围之内，选择最适宜的路径。种田、做匠人、当兵、做买卖，以至于更卑微的职业也都要有人去干；干哪一行职业，也都可以得到若干经验学问。哲学家斯宾诺莎不肯当大学教授而宁愿操磨镜的微业以谋生活。这种精神是最值得佩服的。现在中国青年大半仍鄙视普通职业，都希望进大学、出洋、当学者、做官，过舒适的生活。这种风气显然仍是旧日科举时代所流传下来的。学者和官僚愈多，物质消耗愈大、权力竞争愈烈，平民受剥削愈盛，社会也就愈不安宁。我们试平心而论，这是不是目前中国的实在情形？

如果一般青年能了解这番道理，对于择校选科，只求在自己的特殊情形之下，如何学得一副当有用的公民的本领，不一定要勉强预备做学者或官僚，我相信上文所说的第二个问题——做事问题——就不至于像现时那么严重。在中国现在百废待举，一个中学生或大学生何至没有事可做？一个不识字的人还可以种田做买卖，难道一个受教育的人反不如乡下愚夫愚妇？事是很多的，只是受过教育的人不屑于做小事。事没有人做，结果才闹成人没有事做。

我劝青年们多去俯就有益社会的小事，并非劝他们一定不要插足于政治教育以及其他较被优待的职业。这些事也要有人去做，而且应该有纯洁而能干的人去做，现在各种优遇位置大半被一般有势力而无能力的人们把持，新进者不易插足进去。这确是事实，但不是不可变动的事实。恶势力之所以成为势力，大半是靠团结。要打破一种恶势力，一个人孤掌难鸣，也一定要有团结才行。中国青年的毛病在洁身自好者不能团结，能团结者又不免同流合污，所以结果龌龊者胜而纯洁者败。谈到究竟，恶势力在一个社会里能够存在，还要归咎于纯洁分子的惰性太深，抵抗力太小。要挽救目前中国社会种种积弊，有志的纯洁青年们应该团结起来，努力和恶势力奋斗。比如说一乡一县的事业被土豪劣绅把持，当地的优秀青年如果真正能团结奋斗，决不难把事权夺过来。推之一省一国，也是如此。结党、造势力、争权位都不是坏事；坏事是结党而营私，争权位而分赃失职。只要势力造成权位争得以后，自己能光明正大地为社会谋福利，终久总可以博得社会的同情，打倒坏人所造成的恶势力。社会的同情总是站在善人方面，"人之好善，谁不如我？"现在许多人都见到社会上种种积弊和补救的方法，只是每个人都觉得自己力量孤单，见到而做不到。其实这里问题很简单，大家团结起来就行了。在任何社会，有一分能力总可以做一分事，做不出事来，那是自己没有能力，用不着怨天尤人。

理想不应与事实冲突，不但在求学谋事两方面是如此，其他一切也莫不然。比如说政治，现在一般青年都仿佛以为一经"革命"，地狱就可以立刻变成天国。被"革命"的是什么？革命后拿什么来代替？怎样去革命？第一步怎样做？第二步怎样做？遇到难关又怎样去克服？这些问题他们似乎都不曾仔细想过，只是天天在摇旗呐喊。我们天天都听到"革命"的新口号，却没有看见一件真正"革了命"的事迹。关于这一点，目前知识界的

"领袖"们似乎说不清他们的罪过，他们教一般青年误认喊革命口号为做革命工作，误认革命为一件无须学识与技能的事业。"革命"两个字在青年心理中已变成一种最空洞不过的"理想"，像道家所说的"太极"，有神秘的面貌而无内容，它和事实毫不接头，自然更谈不到冲突。

政治理想是随时代环境变迁的。我们不要古人为我们打算盘，也大可不必去替后人打算盘。每一个国家的最好的政治理想应该是当时当境的最圆满的应付事实的方法。目前中国所有的是怎样的事实？民穷国敝，外患纷呈，稍不振作，即归毁灭。这种事实应该使每个有头脑的中国人觉悟到；在今日谈中国政治，"图存"是第一要义。中国是一个久病之夫，一切摧残元气的举动，一切聊快一时的毁坏，都与"图存"一个基本要义不相容。"社会革命""打倒帝国主义""永久平等""大同平等"，种种方剂都要牵涉到全世界的制度组织。在加入这个全世界的大战线以前，中国人首先须要把自己训练到能荷枪执戟，才可以有资格。

这番话对于现代青年是很苦辣不适口的。我只能向他们说：高调谁也会唱，但是我的良心不容许我唱高调，因为我亲眼看见，调愈唱得高，事愈做得坏，小百姓受苦愈大，而青年也愈感彷徨怅惘。

光潜

谈青年的心理病态

我们旁观者固不能以豪杰之士期待一切青年，
但是每一个青年自己却不应只以庸碌人自期待。

这题目是一位青年读者提议要我谈的。他的这个提议似显示青年们自己感觉到他们在心理上有毛病。这毛病究竟何在，是怎样酝酿成的，最好由青年们自己做一个虚心的检讨。我是一个中年人，和青年人已隔着一层，现时代和我当青年的时代也迥然有别，不能全据私人追忆到的经验，刻舟求剑似的去臆测目前的事实。我现在所谈的大半根据在教书任职时的观察，观察有时不尽可据，而且我的观察范围限于大学生。我希望青年读者们拿这旁观者的分析和他们自己的自我检讨比较，并让我知道比较的结果。这于他们自己有益，于我更有益。

一个人的性格形成，大半固靠自己的努力，环境的影响也不可一笔抹杀。"豪杰之士虽无文王犹兴"，但是多数人并非豪杰之士，就不能不有所凭借。很显然地，现时一般青年所可凭借的实太薄弱。他们所走的并非玫瑰之路。

先说家庭。多数青年一入学校，便与家庭隔绝，尤其是来自沦陷区域的。在情感上他们得不到家庭的温慰。抗战期中一般人都感受经济的压迫，衣食且成问题，何况资遣子弟受教育。在经济上他们得不到家庭的援助。父兄既远隔，又各个为生计所迫，终日奔波劳碌，既送子弟入学校，就把一切委托给学校，自己全不去管。在学业品行上他们得不到家庭的督导。这些还只是消极的，有些人能受到家庭影响的，所受的往往是恶影响。父兄把教育子弟当作一种投资，让他们混资格去谋衣食，子弟有时顺承这个意旨，只把学校当作进身之阶，此其一。父兄有时是贪官污吏或土豪劣绅，自己有许多恶习，让子弟也染着这些恶习，此其二。中国家庭向来是多纠纷，而这种纠纷对于青年人常是隐痛，易形成心理的变态，此其三。

次说社会国家。中国社会正当新旧交替之际，过去封建时代的许多积弊恶习还没有涤除净尽，贪污腐败欺诈凌虐的事情处处都有。青年人心理单纯，对于复杂的社会不能了解。他们凭自己的单纯心理，建造一种难于立即实现的社会理想，而事实却往往与这理想背驰，他们处处感觉到碰壁，于是失望、惊疑、悲观等情绪源源而来。其次，青年人富于感受性，少定见，好言是非而却不真能辨别是非，常轻随流俗转移，有如素丝，染于青则青，染于黄则黄。社会既腐浊，他们就不知不觉地跟着它腐浊。总之，目前环境对于纯洁的青年是一种恶性刺激，对于意志薄弱的青年是一种恶性引诱。加以国

怀疑一切，也向往一切

家处在危难的局面，青年人心里抱着极大的希望，也怀着极深的忧惧。他们缺乏冷静的自信，任一股热情鼓荡，容易提升到高天，也容易降落到深渊。一个人叠次经过这种疟疾式的暖冷夹攻，自然容易变成虚弱，在身体方面如此，在精神方面也如此。

再次说学校。教育必以发展全人为宗旨，德育、智育、美育、群育、体育五项应同时注重。就目前实际状况说，德育在一般学校等于具文，师生的精力都集中于上课，专图授受知识，对于做人的道理全不讲究。优秀青年感觉到这方面的缺乏而彷徨，顽劣青年则放纵恣肆，毫无拘束。即退一步言智育，途径亦多错误，灌输多于启发，浅尝多于深入，模仿多于创造，揣摩风气多于效忠学术。在抗战期中，师资与设备多因陋就简，研究的空气尤不易提高。向学心切者感觉饥荒，凡庸者敷衍混资格。美育的重要不但在事实上被忽略，即在理论上亦未被充分了解。我国先民在文艺上造就本极优越，而子孙数典忘祖，有极珍贵的文艺作品而不知欣赏，从事艺术创作者更寥寥。大家都迷于浅狭的功利主义，对文艺不下功夫，结果乃有情操驳杂、趣味卑劣、生活干枯、心灵无寄托等种种现象。群育是吾国人向来缺乏的，现代学校教育对此亦毫无补救。一般学校都没有社会生活，教师与学生相视如路人，同学彼此也相视如路人。世间大概没有比中国大学教授与学生更孤僻更寂寞的一群动物了。体育的忽略也不自今日始，有些学生们还在鄙视运动，黄皮刮瘦几乎是知识阶级的标志。抗战中忽略运动之外又添上缺乏营养。我常去参观学生吃饭，七八人一席只有一两碗无油的蔬菜，有时甚至只有白饭。吃苦本是好事，亏损虚弱却不是好事。青年人正当发育时期，日复一日年复一年地缺乏最低限度的营养，结果只有亏损虚弱，甚至于疾病死亡。心理的毛病往往起于生理的毛病，生理的损耗必酿成心理的损耗。这问题有关于民族的生命力，凡是远见的教育家、政治家都不应忽视。

家庭、社会、国家和学校对于青年人的影响如上所述。在这种情形之下，青年人在心理方面发生下列几种不健康的感觉。

第一是压迫感觉。青年人当生气旺盛的时候，有如春日的草木萌芽，需要伸展与生长，而伸展与生长需要自由的园地与丰富的滋养。如果他们像墙角生出来的草木，上面有沉重的砖石压着，得不着阳光与空气，他们只得黄瘦萎谢，纵然偶尔能费力支撑，破石罅而出，也必变成臃肿拳曲，不中绳墨。不幸得很，现代许多青年都恰在这种状况之下出死力支撑层层重压。家庭对于子弟上进的企图有时作不合理的阻挠，社会对于勤劳的报酬不尽有保障，国家为着政策有时须限制思想与言论的自由，学校不能使天赋的聪明与精力得充分发展，国家前途与世界政局常纠缠不清，强权常歪曲公理。这一切对于青年人都是沉重的压迫，此外又加上经济的艰窘、课程的繁重、营养缺乏所酿成的体质羸弱，真所谓"双肩上公仇私仇，满腔儿家忧国忧"。一个人究竟有几多力量，能支撑这层层重压呢？撑不起，却也推不翻，于是都积成一个重载，压在心头。

其次是寂寞感觉。人是富于情感的动物，人也是群居的动物，所以人需要同类的同情心最为剧烈。哲学家和宗教家抓住这一点，所以都以仁爱立教。他们知道人类只有在仁爱中才能得到真正幸福。青年人血气方刚，同情的需要比中年人与老年人更为迫切。我们已经说过，现代中国青年不常能得到家庭的温慰，在学校里又缺乏社会生活，他们终日独行踽踽，举目无亲，人生最强烈的要求不能得到最低限度的满足，他们心里如何快乐得起来呢？这里所谓"同情心"包含异性的爱在内。男女中间除了人类同情心的普遍需要之外，又加上性爱的成分，所以情谊一旦投合，便特别坚强。这是一个极自然的现象，不容教育家们闭着眼睛否认或推翻。我们所应该留意的是施以适当教育，因势利导，纳于正轨，不使其泛滥横流。这些年来我们都在采男女同学制，而对于男女同学所有的问题未加精密研究，更未予以正确指导。结果男女中间不是毫无来往，便是偷偷摸摸地来往。毫无来往的似居多数，彼此摆在面前，徒增一种刺激。许

怀疑一切，也向往一切

097

多青年人的寂寞感觉，细经分析起来，大半起于异性中缺乏合理而又合体的交际。

第三是空虚感觉。"自然厌恶空虚"，这个古老的自然律可应用于物质，也可应用于心灵。空虚的反面是充实，是丰富。人生要充实丰富，必须有多方的兴趣与多方的活动。一个在道德、学问、艺术或事业方面有浓厚兴趣的人，自然能在其中发现至乐，决不会感觉到人生的空虚。宋儒教人心地常有"源头活水"，此心须常是"活泼泼的"。又教人玩味颜子在箪食瓢饮的情况之下"所乐何事"，用意都在使内心生活充实丰富。据近代一般心理学家的见解，艺术对于充实内心生活的功用尤大，因为它帮助人在事事物物中都可发现乐趣。观照就是欣赏，而欣赏就是快乐。现在一般青年人对学术既无浓厚兴趣，对艺术及其他活动更漠不置意，生活异常干枯贫乏，所以常感到人生空虚。此外又加上述的压迫与寂寞，使他们追问到人生究竟，而他们的单纯头脑所能想出的回答就是"空虚"。他们由自己个人的生活空虚推论到一般人生的空虚，犯着逻辑学家所谓"以偏概全"的错误。个人生活的空虚往往是事实，至于一般人生是否空虚则大有问题，至少历史上许多伟大人物不是这么想。

　　以上所说的三种不健康的感觉都有几分是心病，但是它们所产生的后果更为严重。在感觉压迫、寂寞和空虚中，青年人始而彷徨，身临难关而找不着出路，踌躇不知所措。继而烦闷，仿佛以为家庭、社会、国家、学校以至于造物主，都有意在和他们为难，不让他们有一件顺心事，于是对一切生厌恶，动辄忧郁、烦躁、苦闷。继而颓唐麻木，经不起一再挫折，逐渐失去辨别是非的敏感与向上的意志，随世俗苟且敷衍，以"世故"为智慧，视腐浊为人情之常。彷徨犹可抉择正路，烦闷犹可力求正路，到了颓唐麻木，就势必至于堕落，无可救药了。我不敢说现在多数青年都已到了颓唐麻木的阶段，但是我相信他们都在彷徨烦闷，如果不及早振作，离颓唐麻木也就不远了。总之，我感觉到现在青年人大半缺乏青年人所应有的朝气，对一切缺乏真正的兴趣和浓厚的热情。他们的志向大半很小，在学校只求敷衍毕业，以后找一个比较优裕的差缺，姑求饱暖舒适，就混过这一生。自然也偶尔遇着少数的例外，但少数例外优秀的青年势孤力薄，不能造成一种风气。现时代的青年，就他所表现的精神而论，决不能担当起现时代的艰巨任务。这是有心人不能不为之犹惧的。

这种现状究竟如何救济呢？照以上的分析，病的成因远在家庭、社会、国家与学校所给的不良的影响，近在青年人自己承受这影响而起的几种不健康的感觉。治本的办法当然是改良环境的影响，尤其是学校教育。这要牵涉到许多问题，非本文所能详谈。这里我只向青年人说话，说的话限于在我想是他们可以受用的，就是他们如何医治自己，拯救自己。

第一，青年人对于自己应有勇气负起责任。我们旁观者分析青年人的心理性格，把环境影响当作一个重要的成因，是科学家所应有的平正态度。但是我们也必须补充一句，环境影响并非唯一的决定因素，世间有许多人所受的环境影响几乎完全相同而成就却有天渊之别，这就是证明个人的努力可以胜过环境的影响。青年们自己不应该把自己的失败完全推诿到环境影响，如果这样办，那就是对自己不负责任，为自己不努力去找借口。我们旁观者固不能以豪杰之士期待一切青年，但是每一个青年自己却不应只以庸碌人自期待。旁人在同样环境之下所能达到的成就，他如果达不到，他就应自引以为耻。对自己没有勇气负责的人在任何优越环境之下，都不会有大成就。对自己负责任，是一切向上心的出发点。

其次，青年人应知实事求是，接受当前事实而谋应付，不假想在另一环境中自己如何可以显大本领，也不把自己现在不能显本领的过失推诿到现实环境。自己所处的是甲境，应付不好，聊自宽解说："如果在乙境，我必能应付好。"这是"文不对题"，仍是变态心理的表现。举个具体的例子：问一位青年人为什么不努力做学问，他回答说："教员不好，图书不够，饭没有吃饱。"

这样一来，他就把责任推诿得干干净净了。他应该知道，教员不好，图书不够，饭没有吃饱，这些都是事实，他须接受这些事实去应付。如果能设法把教员换好，图书买够，饭吃饱，那固然再好没有；如果这些一时为事实所不允许，他就得在教员不好，图书不够，饭没有吃饱的事实条件之下，研究一个办法，看如何仍可读书做学问。他如果以为这样的事实条件不让他能读书做学问，那就是承认自己的失败；如果只假想在另一套事实条件之下才读书做学问，那就是逃避事实而又逃避责任。

第三，青年人应明了自己的心病须靠自己努力去医治。法国有一位心理学家——库维——发明一种自治疗术，叫做"自暗示"。依这个方法，一个人如果有什么毛病，只要自己常专心存着自己必定好的念头，天天只朝好处想，绝不能朝坏处想，不久他自会痊愈。他实验过许多病人，无论所患的是生理方面的或是心理方面的病，都特著奇效。他的实验可证明自信对于一个人的心理影响非常之大。自信是一个不幸的人，就随时随地碰着不幸事；自信是一个勇敢的人，世间便无不可征服的困难。许多青年人所缺乏的正是自信心。没有自信心就没有勇气，困难还没有临头就自认失败。

比如上文所说的三种不健康的感觉，都并非绝对不可避免的。如果能接受事实，有勇气对自己负责任，尽其在我，不计成败，则压迫感觉不至发生。每个人都需要同情，如果每个人都肯拿一点同情出来对付四周的人，则大家互有群居之乐，寂寞感觉不至发生。人生来需要多方活动，精力可发泄，心灵有寄托，兴趣到处泉涌，则生活自丰富，空虚感觉不至发生。这些事都不难做到，一般青年人所以不能做到者，原因就在没有自信，缺乏勇气，不肯努力。

辑 **三**

世上大多人前进
抵抗力稍大
他就要缴械投降

保持一点
抵抗的精神

谈十字街头

站在十字街头的人们——尤其是你我们青年——要时时戒备十字街头的危险，要时时回首瞻顾象牙之塔。

朋友：

岁暮天寒，得暇便围炉嘘烟遐想。今日偶然想到日本厨川白村的《出了象牙之塔》和《走向十字街头》两部书，觉得命名大可玩味。玩味之余，不觉发生一种反感。

所谓"走向十字街头"有两种解释。从前学士大夫好以清高名贵相尚，所以力求与世绝缘，冥心孤往。但是闭户读书的成就总难免空疏虚伪。近代哲学与文艺都逐渐趋向写实，于是大家都极力提倡与现实生活接触。世传苏格拉底把哲学从天上搬到地下，这是"走向十字街头"的一种意义。

学术思想是天下公物，须得流布人间，以求雅俗共赏。威廉·莫里斯和托尔斯泰所主张的艺术民众化，叔琴先生在《一般》诞生号中所主张的特殊的一般化，爱迪生所谓把哲学从课室图书馆搬到茶寮客座，这是"走向十字街头"的另一意义。

这两种意义都含有极大的真理。可是在这"德谟克拉西"[3]呼声极高的时代，大家总不免忘记关于十字街头的另一面真理。

十字街头的空气中究竟含有许多腐败剂，学术思想出了象牙之塔到了十字街头以后，一般化的结果常不免流为俗化（vulgarized）。昨日的殉道者，今日或成为市场偶像，而真纯面目便不免因之污损了。到了市场而不成为偶像，成偶像而不至于破落，都是很难的事。老庄经过流俗化以后，其结果乃为白云观以静坐骗铜子的道士。易学经过流俗化以后，其结果乃为街头摆摊卖卜的江湖客。佛学经过流俗化以后，其结果乃为祈财求子的三姑六婆和秃头肥脑的蠢和尚。这都是世人所共见周知的。不必远说，且看西方科学、哲学和文学落到时下一般打学者冒牌的人手里，弄得成何体统！

寂居文艺之宫，固然会像不流通的清水，终久要变成污浊恶臭的。可是十字街头的叫嚣，十字街头的尘粪，十字街头的挤眉弄眼，都处处引诱你汩没自我。臣门如市，臣心就决不能如水。名利、声势、虚伪、刻薄、肤浅、欺侮等等字样，听起来多么刺耳朵，实际上谁能摆脱得净尽？所以站在十字街头的人们——尤其是你我们青年——要时时戒备十字街头的危险，要时时回首瞻顾象牙之塔。

十字街头上握有最大威权的是习俗。习俗有两种，一为传说（tradition），一为时尚（fashion）。儒家的礼教、五芳斋的馄饨，是传说；新文化运动，四马路的新装，是时尚。传说尊旧，时尚趋新，新旧虽不同，而盲从附和，不假思索，则根本无二致。社会是专制的，是压迫的，是不容自我伸张的。比方九十九个人守贞节，你一个人偏要不贞，你固然是伤风败俗，大逆不道；可是如果九十九个人都是娼妓，你一个人偏要守贞节，你也会成为社会公敌，被人唾弃的。因此，苏格拉底所以饮鸩，伽利略所以被教会加罪，罗曼·罗兰、罗素所以在欧战期中被人谩骂。

本来风化习俗这件东西，孽虽造得不少，而为维持社会安宁计，却亦不能尽废。人与人相接触，问题就会发生。如果世界只有我，法律固为虚文，而道德也便无意义。人类须有法律道德维持，固足证其顽劣；然而人类既顽劣，道德法律也就不能勾销。所以老庄上德不德、绝圣弃智的主张，理想虽高，而究不适于顽劣的人类社会。

习俗对于维持社会安宁，自有相当价值，我们是不能否认的。可是以维持安宁为社会唯一目的，则未免大错特错。习俗是守旧的，而社会则须时时翻新，才能增长滋大，所以习俗有时时打破的必要。人是一种贱动物，只好模仿因袭，不乐改革创造。所以维持固有的风化，用不着你费力。你让它去，世间自有一般庸人懒人去担心。可是要打破一种习俗，却不是一件易事。物理学上仿佛有一条定律说，凡物既静，不加力不动。而所加的力必比静物的惰力大，才能使它动。打破习俗，你须以一二人之力，抵抗千万人之惰力，所以非有雷霆万钧的力量不可。因此，习俗的背叛者比习俗的顺从者较为难能可贵，从历史看社会进化，都是靠着几个站在十字街头而能向十字街头宣战的人。这般人的报酬往往不是十字架，就是断头台。可是世间只有他们才是不朽，倘若世界没有他们这些殉道者，人类早已为乌烟瘴气闷死了。

　　一种社会所最可怕的不是民众浮浅顽劣，因为民众通常都是浮浅顽劣的；它所最可怕的是没有在浮浅卑劣的环境中而能不浮浅不卑劣的人。比方英国民众就是很沉滞顽劣的，然而在这种沉滞顽劣的社会中，偶尔跳出一二个性坚强的人，如雪莱、卡莱尔、罗素等，其特立独行的胆与识，却非其他民族所可多得。这是英国人力量所在的地方。路易·狄更生尝批评日本，说她是一个没有柏拉图和亚里士多德的希腊，所以不能造伟大的境界。据生物学家说，物竞天择的结果不能产生新种，要产生新种须经突变（sports）。所谓突变，是指不像同种的新裔。社会也是如此，它能否生长滋大，就看它有无突变式的分子；换句话说，就看十字街头的矮人群中有没有几个大汉。

　　说到这点，我不能不替我们中国人汗颜了。印度还有一位泰戈尔和一位甘地，而中国满街只是一些打冒牌的学者和打冒牌的社会运动家。强者皇然叫器，弱者随声附和；旧者盲从传说，新者盲从时尚。相习成风，每况愈下，而社会之浮浅顽劣虚伪酷毒，乃日不可收拾。在这个当儿，站在十字街头的我们青年怎能免彷徨失措？朋友，昔人临歧而哭，假如你看清你面前的险径，你会心寒胆裂哟！围着你的全是浮浅顽劣虚伪酷毒，你只有两种应付方法：你只有和它冲突，要不然，就和它妥洽。在现时这种状况之下，冲突就是烦恼，妥洽就是堕落。无论走哪一条路，结果都是悲剧。

但是，朋友，你我正不必因此颓丧！假如我们的力量够，冲突结果，也许是战胜。让我们相信世界达真理之路只有自由思想，让我们时时记着十字街头浮浅虚伪的传说和时尚都是真理路上的障碍，让我们本着少年的勇气把一切市场偶像打得粉碎！

最后，打破偶像，也并非卤莽叫嚣所可了事。卤莽叫嚣还是十字街头的特色，是浮浅卑劣的表征。我们要能于叫嚣扰攘中：以冷静态度，灼见世弊；以深沉思考，规划方略；以坚强意志，征服障碍。总而言之，我们要自由伸张自我，不要汩没在十字街头的影响里去。

朋友，让我们一起努力罢！

你的同志　光潜

谈摆脱

世间有许多人站在歧路上只徘徊顾虑，既不肯有所舍，便不能有所取。

朋友：

近来研究黑格尔（Hegel）讨论悲剧的文章，有时拿他的学说来印证实际生活，颇觉欣然有会意。许久没有写信给你，现在就拿这点道理作谈料。

黑格尔对于古今悲剧，最推尊希腊索福克勒斯（Sophocles）的《安提戈涅》（*Antigone*）。安提戈涅的哥哥因为争王位，借重敌国的兵攻击他自己的祖国忒拜，他在战场上被打死了。忒拜新王克瑞翁（Creon）悬令，如有人敢收葬他，便处死罪，因为他是一个国贼。安提戈涅很像中国的聂嫈，毅然不避死刑，把她哥哥的尸骨收葬了。安提戈涅又是和克瑞翁的儿子海蒙（Haemon）订过婚的，她被绞以后，海蒙痛悼她，也自杀了。

黑格尔以为凡悲剧都生于两理想的冲突，而《安提戈涅》是最好的实例。就克瑞翁说，做国王的职责和做父亲的职责相冲突。就安提戈涅说，做国民的职责和做妹妹的职责相冲突。就海蒙说，做儿子的职责和做情人的职责相冲突。因此冲突，故三方面结果都是悲剧。

黑格尔只是论文学，其实推广一点说，人生又何尝不是一种理想的冲突场？不过实在界和舞台有一点不同，舞台上的悲剧生于冲突之得解决，而人生的悲剧则多生于冲突之不得解决。生命途程上的歧路尽管千差万别，而实际上只有一条路可走，有所取必有所舍，这是自然的道理。世间有许多人站在歧路上只徘徊顾虑，既不肯有所舍，便不能有所取。世间也有许多人既走上这一条路，又念念不忘那一条路。结果也不免差误时光。

"鱼我所欲，熊掌亦我所欲，二者不可得兼，舍鱼而取熊掌者也。"有这样果决，悲剧决不会发生。悲剧之发生就在既不肯舍鱼，又不肯舍熊掌，只在那儿垂涎打算盘。这个道理我可以举几个实例来说明：

"禾"是一个大学生，很好文学，而他那一班的功课有簿记、有法律，都是他所最厌恶的。他每见到我便愁眉蹙额地说："真是无聊！天天只是预备考试！天天只是读这些没有意味的课本！"我告诉他："你既不欢喜那些东西，便把它们丢开就是了。"他说："既然花了家里的钱进学堂，总得要勉强敷衍考试才是。"我说："你要敷衍考试，就敷衍考试就是了。"然而他天天嫌恶考试，天天又在那儿预备考试。

我有一个幼时的同学恋爱了一个女子。他的家庭极力阻止他。他每次来信都向我诉苦。我去信告诉他说："你既然爱她，便毅然不顾一切去爱她就是了。"他又说："家庭骨肉的恩爱就能够这样恝然置之么？"我回复他说："事既不能两全，你便应该趁早疏绝她。"但是他到现在还是犹豫不知所可，还是照旧叫苦。

"禹"也是一个旧相识。他在衙门里充当一个小差事。他很能做文章，家里虽不丰裕，也还不至于没有饭吃。衙门里案牍和他的脾胃不很合，而且妨碍他著述。他时常觉得他的生活没有意味，和我谈心时，不是说"嗳，如果我不要就这个事，这本稿子久已写成了"，就是说"这事简直不是人干的，我回家陪妻子吃糙米饭去了！"像这样的话我也不知道听他说过多少回数，但是他还是依旧风雨无阻地去应卯。

这些朋友的毛病都不在"见不到"而在"摆脱不开"。"摆脱不开"便是人生悲剧的起源。畏首畏尾，徘徊歧路，心境既多苦痛，而事业也不能成就。许多人的生命都是这样模模糊糊地过去的。要免除这种人生悲剧，第一须要"摆脱得开"。消极说是"摆脱得开"，积极说便是"提得起"，便是"抓得住"。认定一个目标，便专心致志地向那里走，其余一切都置之度外，这是成功的秘诀，也是免除烦恼的秘诀。现在姑且举几个实例来说明我所谓"摆脱得开"。

释迦牟尼当太子时，乘车出游，看到生老病死的苦状，便恍然解悟人生虚幻，把慈父、娇妻、爱子和王位一齐抛开，深夜遁入深山，静坐菩提树下，冥心默想解脱人类罪苦的方法。这是古今第一个知道摆脱的人。其次如苏格拉底，如耶稣，如屈原，如文天祥，为保持人格而从容就死，能摆脱开一般人所摆脱不开的生活欲，也很可以廉顽立懦。再其次如希腊第欧根尼提倡克欲哲学，除一个饮水的杯子和一个盘坐的桶子以外，身旁别无长物，一日见童子用手捧水喝，他便把饮水的杯子也掷碎。犹太斯宾诺莎学说与犹太教义不合，犹太教徒行贿不遂，把他驱逐出籍，他以后便专靠磨镜过活。他在当时是欧洲第一个大哲学家，海得尔堡大学请他去当哲学教授，他说："我还是磨我的镜子比较自由。"所以谢绝教授的位置。这是能为真理为学问摆脱一切的。卓

保持一点抵抗的精神

文君逃开富家的安适，去陪司马相如当垆卖酒，是能为恋爱摆脱一切的。张翰在齐做大司马东曹掾，一天看见秋风乍起，想起吴中菰菜莼羹鲈鱼脍，立刻就弃官归里。陶渊明做彭泽令，不愿束带见督邮，向县吏说："我岂能为五斗米折腰向乡里小儿！"立即解绶辞官。这是能摆脱禄位以行吾心所安的。英国小说家司各特早年颇致力于诗，后读拜伦著作，知道自己在诗的方面不能有大成就，便丢开音律专去做他的小说。这是能为某一种学问而摆脱开其他学问之引诱的。孟敏堕甑，不顾而去。郭林宗问他的缘故，他回答说："甑已碎，顾之何益？"这是能摆脱过去失败的。

斯蒂文森论文，说文章之术在知遗漏（the art of omitting），其实不独文章如是，生活也要知所遗漏。我幼时，有一位最敬爱的国文教师看出我不知摆脱的毛病，尝在我的课卷后面加这样的批语："长枪短戟，用各不同，但精其一，已足致胜。汝才有偏向，姑发展其所长，不必广心博骛也。"十年以来，说了许多废话，看了许多废书，做了许多不中用的事，走了许多没有目标的路，多尝试，少成功，回忆师训，殊觉赧然，冷眼观察，世间像我这样暗中摸索的人正亦不少。大节固不用说，请问街头那纷纷群众忙的为什么？为什么天天做明知其无聊的工作，说明知其无聊的话，和明知其无聊的朋友假意周旋？在我看来，这都由于"摆脱不开"。因为人人都"摆脱不开"，所以生命便成了一幕最大的悲剧。

朋友，我写到这里，已超过寻常篇幅，把上面所写的翻看一过，觉得还没有把"摆脱"的道理说得透。我只谈到粗浅处，细微处让你自己暇时细心体会。

你的朋友　光潜

谈立志

> 我把我的信条叫做"三此主义",就是此身、此时、此地。

抗战以前和抗战以来的青年心理有一个很显然的区别:抗战以前,普通青年的心理变态是烦闷;抗战以来,普通青年的心理变态是消沉,烦闷大半起于理想与事实的冲突。在抗战以前,青年对于自己前途有一个理想,要有一个很好的环境求学,再有一个很好的职业做事;对于国家民族也有一个理想,要把侵略的外力打倒,建设一个新的社会秩序。这两种理想在当时都似很不容易实现，于是他们急躁不耐烦、失望以至于苦闷。抗战发生时，我们民族毅然决然地拼全副力量来抵挡侵略的敌人，青年们都兴奋了一阵，积压许久的郁闷为之一畅。但这种兴奋到现在似已逐渐冷静下去，国家民族的前途比从前光明，个人求学就业也比从前容易，虽然大家都硬着脖子在吃苦，可是振作的精神似乎很缺乏。在学校的学生们对功课很敷衍，出了学校就职业的人们对事业也很敷衍，对于国家大事和世界政局没有像从前那样关切。这是一个很可忧虑的现象，因为横在我们面前的还有比抗敌更艰难的局面，需要更坚决更沉着的努力来应付，而我们青年现在所表现的精神显然不足以应付这种艰难的局面。

如果换过方式来说，从前的青年病在志气太大，目前的青年病在志气太小，甚至于无志气。志气太大，理想过高，事实迎不上头来，结果自然是失望烦闷；志气太小，因循苟且，麻木消沉，结果就必至于堕落。所以我们宁愿青年烦闷，不愿青年消沉。烦闷至少是对于现实的欠缺还有敏感，还可以激起努力；消沉对于现实的欠缺就根本麻木不仁，决不会引起改善的企图。但是说到究竟，烦闷之于消沉也不过是此胜于彼，烦闷的结果往往是消沉，犹如消沉的结果往往是堕落。目前青年的消沉与前五六年青年的烦闷似不无关系。烦闷是耗费心力的，心力耗费完了，连烦闷也不曾有，那便是消沉。

一个人不是生下来就烦闷或消沉的，因为人都有生气，而生气需要发扬，需要活动。有生气而不能发扬，或是活动遇到阻碍，才会烦闷和消沉。烦闷是感觉到困难，消沉是无力征服困难而自甘失败。这两种心理病态都是挫折以后的反应。一个人如果经得起挫折，就不会起这种心理变态。所谓经不起挫折，就是没有决心和勇气，就是意志薄弱。意志薄弱经不起挫折的人往往有一套自宽自解的话，就是把所有的过错都推诿到环境。明明是自己无能，而埋怨环境不允许我显本领；明明是自己甘心做坏人，而埋怨环境不允许我做好人。这其实是懦夫的心理，对于自己全不肯负责任。环境永远不会美满的，万一它生来就美满，人的成就也就无甚价值。人所以可贵，就在他不像猪豚，被饲而肥，他能够不安于污染的环境，拿力量来改变它，征服它。

普通人的毛病在责人太严，责己太宽。埋怨环境还由于缺乏自省自责的习惯。自己的责任必须自己担当起，成功是我的成功，失败也是我的失败。每个人是他自己的造化主，环境不足畏，犹如命运不足信。我们的民族需要自力更生，我们每个人也是如此。我们的青年必须先有这种觉悟，个人和国家民族的前途才有希望。能责备自己，信赖自己，然后自己才会打出一个江山来。

我们有一句老话："有志者事竟成。"这话说得很好，古今中外在任何方面经过艰苦奋斗而成功的英雄豪杰都可以做例证。志之成就是理想的实现。人为的事实都必基于理想，没有理想决不能成为人为的事实。譬如登山，先须存念头去登，然后一步一步地走上去，最后才会到达目的地。如果根本不起登的念头，登的事实自无从发生。这是浅例。世间许多行尸走肉浪费了他们的生命，就因为他们对于自己应该做的事不起念头。许多以教育为事业的人根本不起念头去研究，许多以政治为事业的人根本不起念头为国民谋幸福。我们的文化落后，社会紊乱，不就由于这个极简单的原因么？这就是上文所谓"消沉""无志气"。"有志者事竟成"，无志者事就不成。

不过，"有志者事竟成"一句话也很容易发生误解，"志"字有几种意义：一是念头或愿望（wish），一是起一个动作时所存的目的（purpose），一是达到目的的决心（will, determination）。譬如登山，先起登的念头，次要一步一步地走，而这走必步步以登为目的，路也许长，障碍也许多，须抱定决心，不达目的不止，然后登的愿望才可以实现，登的目的才可以达到。"有志者事竟成"的"志"，须包含这三种意义在内：第一要起念头，其次要认清目的和达到目的之方法，第三是抱必达目的之决心。很显然的，要事之成，其难不在起念头，而在目的的认识与达到目的之决心。

有些人误解立志只是起念头。一个小孩子说他将来要做大总统，一个乞丐说他成了大阔佬要砍他的仇人的脑袋。所谓"癞蛤蟆想吃天鹅肉"，完全不思量达到这种目的所必有的方法和步骤，要不抱定循这方法步骤去达到目的之决心，这只是狂妄，不能算是立志。世间有许多人不肯学乘除加减而想将来做算学的发明家，不学军事学当兵打仗而想将来做大元帅东征西讨，不切实培养学问技术而想将来做革命家改造社会，都是犯这种狂妄的毛病。

如果以起念头为立志，有志者事竟不成之例甚多。愚公尽可移山，精卫尽可填海，而世间却实有不可能的事情。我们必须承认"不可能"的真实性。所谓"不可能"，就是俗语所谓"没有办法"，没有一个方法和步骤去达到所悬想的目的。没有认清方法和步骤而达到那个目的，那只是痴想而不是立志，志就是理想，而理想的理想必定是可实现的理想。理想普遍有两种意义，一是"可望

125

而不可攀，可幻想而不可实现的完美"，比如许多宗教都以长生不老为人生理想，它成为理想，就因为事实上没有人长生不老。理想的另一意义是"一个问题的最完美的答案"，或是"可能范围以内的最圆满的解决困难的办法"。比如长生不老虽非人力所能达到，而强健却是人力所能达到的。就人的能力范围来说，强健是一个合理的理想。这两种意义的分别在一个蔑视事实条件，一个顾到事实条件；一个渺茫无稽，一个有方法步骤可循。严格地说，前一种是幻想、痴想而不是理想，是理想都必顾到事实。在理想与事实起冲突时，错处不在事实而在理想。我们必须接受事实，理想与事实背驰时，我们应该改变理想。坚持一种不合理的理想而至死不变只是匹夫之勇，只是"猪武"。我特别着重这一点，因为有些道德家在盲目地说坚持理想，许多人在盲目地听。

　　我们固然要立志，同时也要度德量力。卢梭在他的教育名著《爱弥儿》里有一段很透辟的话，大意是说人生幸福起于愿望和能力的平衡。一个人应该从幼时就学会在自己能力范围以内起愿望，想做自己所能做的事，也能做自己所想做的事。这番话出诸浪漫色彩很深的卢梭尤其值得我们回味。卢梭自己有时想入非非，因此吃过不少苦头，这番话实在是经验之谈。许多烦闷，许多失败，都起于想做自己所不能做的事，或是不能做自己所想做的事。

志气成就了许多人，志气也毁坏了许多人。既是志，实现必不在目前而在将来。许多人拿立志远大作借口，把目前应做的事延宕贻误。尤其是青年们欢喜在辽远的未来摆出一个黄金时代，把希望全寄托在那上面，终日沉醉在迷梦里，让目前宝贵的时光与机会错过，徒贻后日无穷之悔。我自己从前有机会学希腊文和意大利文时没有下手，买了许多文法读本，心想到四十岁左右时当有闲暇岁月，许我从容自在地自修这些重要的文字，现在四十过了几年了，看来这一生似不能与希腊文和意大利文有缘分了，那箱书籍也恐怕只有摆在那里霉烂了。这只是一例，我生平有许多事叫我追悔，大半都像这样

"志在将来"而转眼即空空过去。"延"与"误"永是连在一起,而所谓"志"往往叫我们由"延"而"误"。所谓真正立志,不仅要接受现在的事实,尤其要抓住现在的机会。如果立志要做一件事,那件事的成功尽管在很远的将来,而那件事的发动必须就在目前一顷刻。想到应该做,马上就做,不然,就不必发下一个空头愿。发空头愿成了一个习惯,一个人就会永远在幻想中过活,成就不了任何事业。听说抽鸦片烟的人想头最多,意志力也最薄弱。老是在幻想中过活的人在精神方面颇类似烟鬼。

我在很早的一篇文章里提出我个人做人的信条,现在想起,觉得其中仍有可取之处,现在不妨趁此再提出供读者参考。我把我的信条叫做"三此主义",就是此身、此时、此地。一、此身应该做而且能够做的事,就得由此身担当起,不推诿给旁人。二、此时应该做而且能够做的事,就得在此时做,不拖延到未来。三、此地(我的地位、我的环境)应该做而且能够做的事,就得在此地做，不推诿到想象中的另一地位去做。

这是一个极现实的主义。本分人做本分事，脚踏实地，丝毫不带一点浪漫情调。我相信如果我们能够彻底地照着做，不至于很误事。西谚说得好："手中的一只鸟，值得林中的两只鸟。"许多"有大志"者往往为着觊觎林中的两只鸟，让手中的一只鸟安然逃脱。

谈人生与我

世间少我一个；多我一个，或者我时而幸运，
时而受灾祸侵逼，我以为这都无伤天地之和。

朋友：

我写了许多信，还没有郑重其事地谈到人生问题，
这是一则因为这个问题实在太谈滥了，一则也因为我看
这个问题并不如一般人看得那样重要。在这最后一封信
里我所以提出这个滥题来讨论者，并不是要说出什么一
番大道理，不过把我自己平时几种对于人生的态度随便

拿来做一次谈料。

我有两种看待人生的方法。在第一种方法里，我把我自己摆在前台，和世界一切人和物在一块玩把戏；在第二种方法里，我把我自己摆在后台，袖手看旁人在那儿装腔作势。

站在前台时，我把我自己看得和旁人一样，不但和旁人一样，并且和鸟兽虫鱼诸物也都一样。人类比其他物类痛苦，就因为人类把自己看得比其他物类重要。人类中有一部分人比其余的人苦痛，就因为这一部分人把自己比其余的人看得重要。比方穿衣吃饭是多么简单的事，然而在这个世界里居然成为一个极重要的问题，就因为有一部分人要亏人自肥。再比方生死，这又是多么简单的事，无量数人和无量数物都已生过来死过去了。一个小虫让车轮压死了，或者一朵鲜花让狂风吹落了，在虫和花自己都决不值得计较或留恋，而在人类则生老病死以后偏要加上一个苦字。这无非是因为人们希望造物主宰待他们自己应该比草木虫鱼特别优厚。

因为如此着想，我把自己看作草木虫鱼的侪辈，草木虫鱼在和风甘露中是那样活着，在炎暑寒冬中也还是那样活着。像庄子所说，它们"诱然皆生，而不知其所以生；同焉皆得，而不知其所得"。它们时而戾天跃渊，欣欣向荣；时而含葩敛翅，晏然蛰处；都顺着自然所赋予的那一副本性。它们决不计较生活应该是如何，决不追究生活是为着什么，也决不埋怨上天待它们特薄，把它们供人类宰割凌虐。在它们说，生活自身就是方法，生活自身也就是目的。

　　从草木虫鱼的生活，我觉得一个经验。我不在生活以外别求生活方法，不在生活以外别求生活目的。世间少我一个，多我一个，或者我时而幸运，时而受灾祸侵逼，我以为这都无伤天地之和。你如果问我，人们应该如何生活才好呢？我说，就顺着自然所给的本性生活着，像草木虫鱼一样。你如果问我，人们生活在这幻变无常的世相中究竟为着什么？我说，生活就是为着生活，别无其他目的。你如果向我埋怨天公说，人生是多么苦恼呵！我说，人们并非生在这个世界来享幸福的，所以那并不算奇怪。

这并不是一种颓废的人生观。你如果说我的话带有颓废的色彩，我请你在春天到百花齐放的园子里去，看看蝴蝶飞，听听鸟儿鸣，然后再回到十字街头，仔细瞧瞧人们的面孔，你看谁是活泼，谁是颓废？请你在冬天积雪凝寒的时候，看看雪压的松树，看看站在冰上的鸥和游在水中的鱼，然后再回头看看遇苦便叫的那"万物之灵"，你以为谁比较能耐苦持恒呢？

我拿人比禽兽，有人也许目为异端邪说。其实我如果要援引"经典"，称道孔孟以辩护我的见解，也并不是难事。孔子所谓"知命"，孟子所谓"尽性"，庄子所谓"齐物"，宋儒所谓"廓然大公，物来顺应"，和希腊廊下派哲学，我都可以引申成一篇经义文，做我的护身符。然而我觉得这大可不必。我虽不把自己比旁人看得重要，我也不把自己看得比旁人分外低能，如果我的理由是理由，就不用仗先圣先贤的声威。

以上是我站在前台对于人生的态度，但是我平时很欢喜站在后台看人生。许多人把人生看作只有善恶分别的，所以他们的态度不是留恋，就是厌恶。我站在后台时把人和物也一律看待，我看西施、嫫母、秦桧、岳飞也和我看八哥、鹦鹉、甘草、黄连一样，我看匠人盖屋也和我看鸟鹊营巢、蚂蚁打洞一样，我看战争也和我看斗鸡一样，我看恋爱也和我看雄蜻蜓追雌蜻蜓一样。因此，是非善恶对我都无意义，我只觉得对着这些纷纭扰攘的人和物，好比看图画，好比看小说，件件都很有趣味。

这些有趣味的人和物之中自然也有一个分别。有些有趣味，是因为它们带有很浓厚的喜剧成分；有些有趣味，是因为它们带有很深刻的悲剧成分。

我有时看到人生的喜剧。前天遇见一个小外交官，他的上下巴都光光如也，和人说话时却常常用大拇指和食指在腮旁捻一捻，像有胡须似的。他们说这是官气，我看到这种举动比看诙谐画还更有趣味。许多年前一位同事常常很气愤地向人说："如果我是一个女子，我至少已接得一尺厚的求婚书了！"偏偏他不是女子，这已经是喜剧；何况他又麻又丑，纵然他幸而为女子，也决不会有求婚书的麻烦，而他却以此沾沾自喜，这总算得喜剧之喜剧了。这件事和英国文学家哥尔德斯密斯的一段逸事一样有趣。他有一次陪几个女子在荷兰某一个桥上散步，看见桥上行人个个都注意与他同行的女子，而没有一个睬他自己，便板起面孔很气愤说："哼，在别地方也有人这样看我咧！"如此等类的事，我天天都见得着。在闲静寂寞的时候，我把这一类的小小事件从记忆中召回来，寻思玩味，觉得比抽烟饮茶还更有味。老实说，假如这个世界中没有曹雪芹所描写的刘姥姥，没有吴敬梓所描写的严贡生，没有莫里哀所描写的达尔杜弗和阿尔巴贡，生命更不值得留恋了。我感谢刘姥姥、严贡生一流人物，更甚于我感谢钱塘的潮和匡庐的瀑。

其次，人生的悲剧尤其能使我惊心动魄。许多人因为人生多悲剧而悲观厌世，我却以为人生有价值正因其有悲剧。我在几年前作的《无言之美》里曾说明这个道

保持一点抵抗的精神

135

理，现在引一段来：

　　我们所居的世界是最完美的，就因为它是最不完美的。这话表面看来，不通已极。但是实含有至理。假如世界是完美的，人类所过的生活——比好一点，是神仙的生活，比坏一点，就是猪的生活——便必呆板单调已极，因为倘若件件事都尽美尽善了，自然没有希望发生，更没有努力奋斗的必要。人生最可乐的就是活动所生的感觉，就是奋斗成功而得的快慰。世界既完美，我们如何能尝创造成功的快慰？这个世界之所以美满，就在有缺陷，就在有希望的机会，有想象的田地。换句话说，世界有缺陷，可能性才大。

　　这个道理李石岑先生在《一般》三卷三号所发表的《缺陷论》里也说得很透辟。悲剧也就是人生一种缺陷。

它好比洪涛巨浪，令人在平凡中见出庄严，在黑暗中见出光彩。假如荆轲真正刺中秦始皇，林黛玉真正嫁了贾宝玉，也不过闹个平凡收场，哪得叫千载以后的人唏嘘赞叹？以李太白那样天才，偏要和江淹戏弄笔墨，作了一篇《拟恨赋》，和《上韩荆州书》一样庸俗无味。毛声山评《琵琶记》，说他有意要作"补天石"传奇十种，把古今几件悲剧都改个快活收场，他没有实行，总算是一件幸事。人生本来要有悲剧才能算人生，你偏想把它一笔勾销，不说你勾销不去，就是勾销去了，人生反更索然寡趣。所以我无论站在前台或站在后台时，对于失败，对于罪孽，对于殃咎，都是一副冷眼看待，都是用一个热心惊赞。

朋友，我感谢你费去宝贵的时光读我的这十二封信，如果你不厌倦，将来我也许常常和你通信闲谈，现在让我暂时告别罢！

写过十二封信给你的朋友　光潜

谈价值意识

　　人投生在这个世界里如入珠宝市，有任意采取的自由，但是货色无穷，担负的力量不过百斤。有人挑去瓦砾，有人挑去钢铁，也有人挑去珠玉，这就看他们的价值意识如何。

　　——"物有本末，事有终始，知所先后，则近道矣。"

　　我初到英国读书时，一位很爱护我的教师——辛博森先生——写了一封很恳切的长信，给我讲为人治学的道理，其中有一句话说："大学教育在使人有正确的价值意识，知道权衡轻重。"于今事隔二十余年，

辑三

138

我还很清楚地记得这句看来颇似寻常的话。在当时，我看到了有几分诧异，心里想：大学教育的功用就不过如此吗？这二三十年的人生经验才逐渐使我明白这句话的分量。

我有时虚心检点过去，发现了我每次的过错或失败都恰是当人生歧路，没有能权衡轻重，以至去取失当。比如说，我花去许多功夫读了一些于今看来是值不得读的书，做了一些于今看来是值不得做的文章，尝试了一些于今看来是值不得尝试的事，这样就把正经事业耽误了。好比行军，没有侦出要塞，或是侦出要塞而不尽力去击破，只在无战争重要性的角落徘徊摸索，到精力消耗完了还没碰着敌人，这岂不是愚蠢？

我自己对于这种愚蠢有切身之痛，每衡量当世人物，也欢喜审察他们是否有没有犯同样的毛病。有许多在学问思想方面极为我所敬佩的人，希望本来很大，他们如果死心踏地做他们的学问，成就必有可观。但是因为他们在社会上名望很高，每个学校都要请他们演讲，每个机关都要请他们担任职务，每个刊物都要请他们做文章，这样一来，他们不能集中力量去做一件事，用非其长，长处不能发展，不久也就荒废了。

名位是中国学者的大患。没有名位去挣扎求名位，旁驰博骛，用心不专，是一种浪费；既得名位而社会视为万能，事事都来打搅，惹得人心花意乱，是一种更大的浪费。"古之学者为己，今之学者为人。"在"为人""为己"的冲突中，"为人"是很大的诱惑。学者遇到这种诱惑，必须知所轻重，毅然有所取舍，否则随波逐流，不旋踵就有没落之祸。认定方向，立定脚跟，都需要很深厚的修养。

"正其谊不谋其利，明其道不计其功"，是儒家在人生理想上所表现的价值意识。"学也禄在其中"，既学而获禄，原亦未尝不可；为干禄而求学，或得禄而忘学便是颠倒本末。我国历来学子正坐此弊。

记得从前有一个学生刚中学毕业，他的父亲就要他做事谋生，有友人劝阻他说："这等于吃稻种。"这句聪明话可表现一般家长视教育子弟为投资的心理。近来一般社会重视功利，青年学子便以功利自期，入学校只图混资格作敲门砖，对学问没有浓厚的兴趣，至于立身处世的道理更视为迂阔而远于事情。这是价值意识的混乱。教育的根基不坚实，影响到整个社会风气以至于整个文化。轻重倒置，急其所应缓，缓其所应急，这种毛病在每个人的生活上，在政治上，在整个文化动向上都可以看见。

近来我看了英国人贝尔（Clive Bell）的《文化论》（*Civilization*），其中有一章专论价值意识为文化要素，颇引起我的一些感触。贝尔专从文化观点立论，我联想到"价值意识"在人生许多方面的意义。这问题值得仔细一谈。

自然界事物纷纭错杂，人能不为之迷惑，赖有两种发见，一是条理，一是分寸。条理是联系线索，分寸是本末轻重。有了条理，事物才能分别类居，不相杂乱；有了分寸，事物才能尊卑定位、各适其宜。条理是横面上的秩序，分寸是纵面上的等差。条理在大体上是纯理活动的产品，是偏于客观的；分寸的鉴别则有赖于实用智慧，常为情感意志所左右，带有主观的成分。

别条理，审分寸，是人类心灵的两种最大的功能。一般自然科学在大体上都是别条理的事，一般含有规范性的学术，如文艺、伦理、政治之类都是审分寸的事。这两种活动有时相依为用，但是别条理易，审分寸难。一个稍有逻辑修养的人大半能别条理，审分寸则有待于一般修养。它不仅是分析，而且是衡量；不仅是知解，而且是抉择。"厩焚，子退朝，曰'伤人乎？'不问马"这件事本很琐细，但足见孔子心中所存的分寸，这种分寸是他整个人格的表现。

所谓审分寸，就是辨别紧要的与琐屑的，也就是有正确的价值意识。"价值"是一个哲学上的术语，有些哲学家相信世间有绝对价值，永住常在，不随时空及人事环境为转移，如康德所说的道德责任，黑格尔所说的永恒公理。

但是就一般知解说，价值都有对待，高下相形，美丑相彰，而且事物自身本无价值可言，其有价值，是对于人生有效用，效用有大小，价值就有高低。这所谓"效用"自然是指极广义的，包含一切物质的和精神的实益，不单指狭义功利主义所推崇的安富尊荣之类。作为这样的解释，价值意识对于人生委实是重要。

人生一切活动，都各追求一个目的，我们必须先估定这目的有无追求的价值。如果根本没有价值而我们去追求，只追求较低的价值，我们就打错了算盘，没有尽最地享受人生最大的好处。有正确的价值意识，我们对于可用的力量才能作最经济的分配，对于人生的丰富意味才能尽量榨取。人投生在这个世界里如入珠宝市，有任意采取的自由，但是货色无穷，担负的力量不过百斤。有人挑去瓦砾，有人挑去钢铁，也有人挑去珠玉，这就看他们的价值意识如何。

价值意识的应用范围极广。凡是出于意志的行为都有所决抒，有所排弃。在各种可能的途径之中择其一而弃其余，都须经过价值意识的审核。小而衣食行止，大而道德学问事功，无一能为例外。

价值通常分为真、善、美三种。先说真，它是科学的对象。科学的思考在大体上虽偏于别条理，却也须审分寸。它分析事物的属性，必须辨别主要的与次要的；推求事物的成因，必须辨别自然的与偶然的；归纳事例为原则，必须辨别貌似有关的与实际有关的。苹果落地是常事，只有牛顿抓住它的重要性而发明引力定律；蒸汽上腾是常事，只有瓦特抓住它的重要性而发明蒸汽机。就一般学术研究方法说，提纲挈领是一套紧要的工夫，囫囵吞枣必定是食而不化。提纲挈领需要很锐敏的价值意识。

次说美，它是艺术的对象。艺术活动通常分欣赏与创造。欣赏全是价值意识的鉴别，艺术趣味的高低全靠价值意识的强弱。趣味低，不是好坏无鉴别，就是欢喜坏的而不了解好的。趣味高，只有真正好的作品才够味，低劣作品可以使人作呕。艺术方面的爱憎有时更甚于道德方面的爱憎，行为的失检可以原谅，趣味的低劣则无可容恕。至于艺术创造更步步需要谨严的价值意识。在作品酝酿中，许多意象纷呈，许多情致泉涌，当兴高采烈时，它们好像八宝楼台，件件惊心夺目，可是实际上它们不尽经得起推敲，艺术家必能知道割爱，知道剪裁洗炼，才可披沙拣金。这是第一步。已选定的材料需要分配安排，每部分的分量有讲究，各部分的先后位置也有讲究。凡是艺术作品必有头尾和身材，必有浓淡虚实，必有着重点与陪衬点。"譬如北辰，居其所，而众星拱之。"艺术作品的意思安排也是如此。这是第二步。选择安排可以完全是胸中成竹，要把它描绘出来，传达给别人看，必借特殊媒介，如图画用形色，文学用语言。一个意思常有几种说法，都可以说得大致不差，但是只有一种说法，可以说得最恰当妥帖。艺术家对于所用媒介必有特殊敏感，觉得大致不差的说法实在是差以毫厘，谬以千里，并且在没有碰着最恰当的说法以前，心里就安顿不下去，他必肯呕出心肝去推敲，这是第三步。在实际创造时，这三个步骤虽不必分得如此清楚，可是都不可少，而且每步都必有价值意识在鉴别审核。每个大艺术家必同时是他自己的严厉的批评者。一个人在道德方面需要良心，在艺术方面尤其需要良心。良心使艺术家不苟且敷衍，不甘落下乘。艺术上的良心就是谨严的价值意识。

再次说善，它是道德行为的对象。人性本可与为善，可与为恶，世间善人少而不善人多，可知为恶易而为善难。为善所以难者，道德行为虽根于良心，当与私欲相冲突，胜私欲需要极大的意志力。私欲引人朝抵抗力最低的路径走，而道德行为往往朝抵抗力最大的路径走。这本有几分不自然。但是世间终有人为履行道德信条而不惜牺牲一切者，即深切地感觉到善的价值。

"朝闻道，夕死可矣。"孔子醇儒，向少作这样侠士气的口吻，而竟说得如此斩截者，即本于道重于生命一个价值意识。古今许多忠臣烈士宁杀身以成仁，也是有见于此。从短见的功利观点看，这种行为有些傻气。但是人之所以为人，就贵在这点傻气。说浅一点，善是一种实益，行善社会才可安宁，人生才有幸福。说深一点，善就是一种美，我们不容行为有瑕疵，犹如不容一件艺术作品有缺陷。求行为的善，即所以维持人格的完美与人性的尊严。

善的本身也有价值的等差。"礼与其奢也宁俭，丧与其奢也宁戚。"重在内心不在外表。"男女授受不亲，嫂溺援之以手"，重在权变不在拘守条文。"人尽夫也，父一而已"，重在孝不在爱。忠孝不能两全时，先忠而后孝。以德报怨，即无以报德，所以圣人主以直报怨。"其父攘羊，其子证之"，为国法而伤天伦，所以圣人不取。子夏丧子失明而丧亲民无所闻，所以为曾子所呵责；孔子自己的儿子死只有棺，所以不肯卖车为颜渊买椁。齐人拒嗟来之食，义本可嘉，施者谢罪仍坚持饿死，则为太过。有无相济是正当道理，微生高乞醯以应邻人之求，不得为直。战所以杀敌致胜，宋襄公不鼓不成列，不得为仁。

这些事例有极重大的，有极寻常的，都可以说明权衡轻重是道德行为中的紧要工夫。道德行为和艺术一样，

保持一点抵抗的精神——

都要做得恰到好处。这就是孔子所谓"中"，孟子所谓"义"。中者无过无术及，义者事之宜。要事事得其宜而无过无不及，必须有很正确的价值意识。

真、善、美三种价值既说明了，我们可以进一步谈人生理想。每个人都不免有一个理想，或为温饱，或为名位，或为学问，或为德行，或为事功，或为醇酒妇人，或为斗鸡走狗，所谓"从其大体者为大人，存其小体者为小人"。这种分别究竟以什么为标准呢？哲学家们都承认：人生最高目的是幸福。什么才是真正的幸福？对于这问题也各有各的见解。积学修德可被看成幸福，饱食暖衣也可被看成幸福。究竟谁是谁非呢？

我们从人的观点来说，须认清人的高贵处在那一点。很显然地，在肉体方面，人比不上许多动物，人之所以高于禽兽者在他的心灵。人如果要充分地表现他的人性，必须充实他的心灵生活。幸福是一种享受。享受者或为肉体，或为心灵。人既有肉体，即不能没有肉体的享受。我们不必如持禁欲主义的清教徒之不近人情，但是我们也须明白：肉体的享受不是人类最上的享受，而是人类与鸡、豚、狗、彘所共有的。人类最上的享受是心灵的享受。哪些才是心灵的享受呢？就是上文所述的真、善、美三种价值。学问、艺术、道德几无一不是心灵的活动，人如果在这三方面达到最高的境界，同时也就达到最幸福的境界。

一个人的生活是否丰富，这就是说，有无价值，就看他对于心灵或精神生活的努力和成就的大小。如果只顾衣食饱暖而对于真善美漫不感觉兴趣，他就成为一种行尸走肉了。这番道理本无深文奥义，但是说起来好像很迂阔。灵与肉的冲突本来是一个古老而不易化除的冲突。许多人因顾到肉遂忘记灵，相习成风，心灵生活便被视为怪诞无稽的事。尤其是近代人被"物质的舒适"一个观念所迷惑，大家争着去拜财神，财神也就笼罩了一切。"哀莫大于心死"，而心死则由于价值意识的错乱。我们如想改正风气，必须改正教育，想改正教育，必须改正一般人的价值意识。

朝抵抗力最大的路径走

　　我觉得不但在文艺方面，就在立身处世的任何方面，贪懒取巧都不会有大成就，要有大成就，必定朝抵抗力最大的路径走。

　　我提出这个题目来谈，是根据一点亲身的经验。有一个时候，我学过作诗填词。往往一时兴到，我信笔直书，心里想到什么，就写什么，写成了自己读读看，觉得很高兴，自以为还写得不坏。后来我把这些处女作拿给一位精于诗词的朋友看，请他批评。他仔细看了一遍后，很坦白地告诉我说："你的诗词未尝不能作，只是你现在所作的还要不得。"我就问他："毛病在哪里呢？"他说："你的诗词都来得太容易，你没有下过力，你欢喜取巧，显小聪明。"听了这话，我捏了一把冷汗，起初还有些不服，后来对于前人作品多费过一点心思，才恍然大悟那位朋友批评我的话真是一语破的。我的毛病确是在没有下过力。我过于相信自然流露，没有知道第一次浮上心头的意思往往不是最好的意思，第一次心头的词句也往往不是最好的词句。意境要经过洗炼，表现意境的词句也要经过推敲，才能脱去渣滓，达到精妙境界。洗炼推敲要吃苦费力，要朝抵抗力最大的路径走。福楼拜自述写作的辛苦说："写作要超人的意志，而我却只是一个人！"我也有同样感觉，我缺乏超人的意志，不能拼死力往里钻，只朝抵抗力最低的路径走。

这一点切身的经验使我受到很深的感触。它是一种失败，然而从这种失败中我得到一个很好的教训。我觉得不但在文艺方面，就在立身处世的任何方面，贪懒取巧都不会有大成就，要有大成就，必定朝抵抗力最大的路径走。

"抵抗力"是物理学上的一个术语。凡物在静止时都本其固有"惰性"而继续静止，要使它动，必须在它身上加"动力"，动力愈大，动愈速愈远。动的路径上不能无抵抗力，凡物的动都朝抵抗力最低的方向。如果抵抗力大于动力，动就会停止，抵抗力纵是低，聚集起来也可以使动力逐渐减少以至于消灭，所以物不能永动，静止后要它续动，必须加以新动力。这是物理学上一个很简单的原理，也可以应用到人生上面。人像一般物质一样，也有惰性，要想他动，也必须有动力。人的动力就是他自己的意志力。意志力愈强，动愈易成功；意志力愈弱，动愈易失败。不过人和一般物质有一个重要的分别：一般物质的动都是被动，使它动的动力是外来的；人的动有时可以是主动，使他动的意志力是自生自发自给自足的。在物的方面，动不能自动地随抵抗力之增加而增加；在人的方面，意志力可以自动地随抵抗力之增加而增加，所以物质永远是朝抵抗力最低的路径走，而人可以朝抵抗力最大的路径走。物的动必终为抵抗力所阻止，而人的动可以不为抵抗力所阻止。

照这样看，人之所以为人，就在能不为最大的抵抗力所屈服。我们如果要测量一个人有多少人性，最好的标准就是他对于抵抗力所拿出的抵抗力，换句话说，就是他对于环境困难所表现的意志力。我在上文说过，人可以朝抵抗力最大的路径走，人的动可以不为抵抗力所阻。我说"可以"不说"必定"，因为世间大多数人仍是惰性大于意志力，欢喜朝抵抗力最低的路径走，抵抗力稍大，他就要缴械投降。这种人在事实上失去最高生命的特征，堕落到无生命的物质的水平线上，和死尸一样东推东倒，西推西倒。他们在道德学问事功各方面都决不会有成就，万一以庸庸得厚福，也是叼天之幸。

人生来是精神所附丽的物质，免不掉物质所常有的惰性。抵抗力最低的路径常是一种引诱，我们还可以说，凡是引诱所以能成为引诱，都因为它是抵抗力最低的路径，最能迎合人的惰性。惰性是我们的仇敌，要克服惰性，我们必须动员坚强的意志力，不怕朝抵抗力最大的路径走。走通了，抵抗力就算被征服，要做的事也就算成功。举一个极简单的例子。在冬天早晨，你睡在热被窝里很舒适，心里虽知道这应该是起床的时候而你总舍不得起来，你不起来，是顺着惰性，朝抵抗力最低的路径走。被窝的暖和舒适，外面的空气寒冷，多躺一会儿的种种借口，对于起床的动作都是很大的抵抗力，使你觉得起床是一件天大的难事。但是你如果下一个决心，说非起来不可，一耸身你也就起来了。这一起来事情虽小，却表示你对于最大抵抗力的征服，你的企图的成功。

这是一个琐屑的事例，其实世间一切事情都可作如此看法。历史上许多伟大人物所以能有伟大成就者，大半都靠有极坚强的意志力，肯向抵抗力最大的路径走。例如孔子，他是当时一个大学者，门徒很多，如果他贪图个人的舒适，大可以坐在曲阜过他安静的学者的生活。但是他毕生东奔西走，席不暇暖，在陈绝过粮，在匡遇过生命的危险，他那副奔波劳碌栖栖遑遑的样子颇受当时隐者的嗤笑。他为什么要这样呢？就因为他有改革世界的抱负，非达到理想，他不肯甘休。《论语》长沮、桀溺章最足见出他的心事。长沮、桀溺二人隐在乡下耕田，孔子叫子路去向他们问路，他们听说是孔子，就告诉子路说："滔滔者天下皆是也，而谁以易之？"意思是说，于今世道到处都是一般糟，谁去理会它、改革它呢？孔子听到这话叹气说："鸟兽不可与同群，吾非斯人之徒与而谁与？天下有道，丘不与易也。"意思是说，我们既是人就应做人所应该做的事；如果世道不糟，我自然就用不着费气力去改革它。孔子平生所说的话，我觉这几句最沉痛，最伟大。长沮、桀溺看天下无道，就退隐躬耕，是朝抵抗力最低的路径走；孔子看天下无道，就牺牲一切要拼命去改革它，是朝抵抗力最大的路径走。他说得很干脆："天下有道，丘不与易也。"

再如耶稣，从《新约》中四部《福音》看，他的一生都是朝抵抗力最大的路径走。他抛弃父母兄弟，反抗当时旧犹太宗教，攻击当时的社会组织，要在慈爱上建筑一个理想的天国，受尽种种困难艰苦，到最后牺牲了性命，都不肯放弃了他的理想。在他的生命史中有一段是一发千钧的危机。他下决心要宣传天国福音后，跑到沙漠里苦修了四十昼夜。据他的门徒的记载，这四十昼夜中他不断地受恶魔引诱。恶魔引诱他去争尘世的威权，去背叛上帝，崇拜恶魔自己。耶稣经过四十昼夜的挣扎，终于拒绝恶魔的引诱，坚定了对于天国的信念。从我们非教徒的观点看，这段恶魔引诱的故事是一个寓言，表示耶稣自己内心的冲突。横在他面前的有两路：一是上帝的路，一是恶魔的路。走上帝的路要牺牲自己，走恶魔的路他可以握住政权，享受尘世的安富尊荣。经过了四十昼夜的挣扎，他决定了走抵抗力最大的路——上帝的路。

　　我特别在耶稣生命中提出恶魔引诱的一段故事，因为它很可以说明宋明理学家所说的天理与人欲的冲突。我们一般人尽善尽恶的不多见，性格中往往是天理与人欲杂糅，有上帝也有恶魔，我们的生命史常是一部理与欲、上帝与恶魔的斗争史。我们常在歧途徘徊，理性告诉我们向东，欲念却引诱我们向西。在这种时候，上帝的势力与恶魔的势力好像摆在天平的两端，见不出谁轻谁重。这是"一发千钧"的时候，"一失足即成千古恨"，一挣扎立即可成圣贤豪杰。如果要上帝的那一端天平沉重一点，我们必须在上面加一点重量，这重量就是拒绝引诱，克服抵抗力的意志力。有些人在这紧要关头拿不出一点意志力，听惰性摆布，轻轻易易地堕落下去，或是所拿的意志力不够坚决，经过一番冲突之后，仍然向恶魔缴械投降。例如洪承畴本是明末一个名臣，原来也很想效忠明朝，恢复河山，清兵入关后，大家都预料他以死殉国，清兵百计劝诱他投降，他原也很想不投降，但是到最后终于抵不住生命的执着与禄位的诱惑，做了明朝的汉奸。再举一个眼前的例子，汪精卫前半生对于民族革命很努力，当这次抗战开始时，他广播演说也很慷慨激昂。谁料到他的利禄熏心，一经敌人引诱，就起了卖国叛党的坏心事。依陶希圣的记载，他在上海时似仍感到良心上的痛苦，如果他拿出一点意志力，即早回头，或以一死谢国人，也还不失为知过能改的好汉。但是他拿不出一点意志力，就认错做错，甘心认贼作父。世间许多人失节败行，都像汪精卫、洪承畴之流，在紧要关头，不肯争一口气，就马马虎虎地朝抵抗力最低的路径走。

这是比较显著的例子，其实我们涉身处世，随时随地目前都横着两条路径，一是抵抗力最低的，一是抵抗力最大的。比如当学生，不死心塌地去做学问，只敷衍功课，混分数文凭；毕业后不拿出本领去替社会服务，只奔走巴结，夤缘幸进，以不才而在高位；做事时又不把事当事做，只一味因循苟且，敷衍公事，甚至于贪污淫逸，遇钱即抓，不管它来路正当不正当——这都是放弃抵抗力最大的路径而走抵抗力最低的路径。这种心理如充类至尽，就可以逐渐使一个人堕落。我当穷究目前中国社会腐败的根源，以为一切都由于懒。懒，所以苟且因循敷衍，做事不认真；懒，所以贪小便宜，以不正当的方法解决个人的生计；懒，所以随俗浮沉，一味圆滑，不敢为正义公道奋斗；懒，所以遇引诱即堕落，个人生活无纪律，社会生活无秩序。知识阶级懒，所以文化学术无进展；官吏懒，所以政治不上轨道；一般人都懒，所以整个社会都"吊儿郎当"暮气沉沉。懒是百恶之源，也就是朝抵抗力最低的路径走。如果要改造中国社会，第一件心理的破坏工作是除懒，第一件心理的建设工作是提倡奋斗精神。

生命就是一种奋斗，不能奋斗，就失去生命的意义与价值；能奋斗，则世间很少不能征服的困难。古话说得好，"有志者事竟成"。希腊最大的演说家是德摩斯梯尼，他生来口吃，一句话也说不清楚，但他抱定决心要成为一个大演说家，他天天一个人走到海边，向着大海练习演说，到后来居然达到了他的志愿。这个实例阿德勒派心理学家常喜援引。依他们说，人自觉有缺陷，就起"卑劣意识"，自耻不如人，于是心中就起一种"男性抗议"，自己说我也是人，我不该不如人，我必用我的意志力来弥补天然的缺陷。阿德勒派学者用这种原则解释许多伟大人物的非常成就，例如聋子成为大音乐家，瞎子成为大诗人之类。我觉得一个人的紧要关头在起"卑劣意识"的时候。起"卑劣意识"是知耻，孔子说得好，"知耻近乎勇"。但知耻虽近乎勇而却不就是勇。能勇必定有阿德勒派所说的"男性抗议"。

"男性抗议"就是认清了一条路径上抵抗力最大而仍然勇往直前，百折不挠。许多人虽天天在"卑劣意识"中过活，却永不能发"男性抗议"，只知怨天尤人，甚至于自己不长进，希望旁人也跟着他不长进，看旁人长进，只怀满肚子醋意。这种人是由知耻回到无耻，注定的要堕落到十八层地狱，永不超生。

能朝抵抗力最大的路径走，是人的特点。人在能尽量发挥这特点时，就足见出他有富裕的生活力。一个人在少年时常是朝气勃勃，有志气，肯干，觉得世间无不可为之事，天大的困难也不放在眼里。到了年事渐长，受过了一些磨折，他就逐渐变成暮气沉沉，意懒心灰，遇事都苟且因循，得过且过，不肯出一点力去奋斗。一个人到了这时候，生活力就已经枯竭，虽是活着，也等于行尸走肉，不能有所作为了。所以一个人如果想奋发有为，最好是趁少年血气方刚的时候，少年时如果能努力，养成一种勇往直前百折不挠的精神，老而益壮也还是可能的。

一个人的生活力之强弱，以能否朝抵抗力最大的路径为准，一个国家或是一个民族也是如此。这个原则有整个的世界史证明。姑举几个显著的例，西方古代最强悍的民族莫如罗马人，我们现在说到能吃苦肯干，重纪律，好冒险，仍说是"罗马精神"。因其有这种精神，所以罗马人东征西讨，终于统一了欧洲，建立一个庞大的殖民帝国。后来他们从殖民地获得丰富的资源，一般罗马公民都可以坐在家里不动而享受富裕生活，于是变成骄奢淫逸，无恶不为，一至新兴的"野蛮"民族从欧洲东北角向南侵略，罗马人就毫无抵抗而分崩瓦解。再如满清，他们在入关以前过的是骑猎生活，民性最强悍，很富于吃苦冒险的精神，所以到明末张李之乱社会腐败紊乱时，他们以区区数十万人之力就能入主中夏。可是他们做了皇帝之后，一切皇亲国戚都坐着不动吃皇粮，享大位，过舒服生活，不到三百年，一个新兴民族就变成腐败不堪，辛亥革命起，我们就轻轻易易地把他们推翻了。我们如果要明白一个民族能够堕落到什么地步，最好去看看北平的旗人。

我们中华民族在历史上经过许多波折，从周秦到现在，没有哪一个时代我们不遇到很严重的内忧，也没有哪一个时代我们没有和邻近的民族挣扎，我们爬起来蹶倒，蹶倒了又爬起，如此者已不知若干次。从这简单的史实看，我们民族的生活力确是很强旺，它经过不断的奋斗才维持住它的生存权。这一点祖传的力量是值得我们尊重的。

于今我们又临到严重的关头了。横在我们面前的只有两条路，一是汪精卫和一班汉奸所走的，抵抗力最低的，屈服；一是我们全民族在蒋委员长领导之下所走的，抵抗力最大的，抗战。我相信我们民族的雄厚的生活力能使我们克服一切困难。不过我们也要明白，我们的前途困难还很多，抗战胜利只解决困难的一部分，还有政治、经济、文化、教育各方面的建设工作还需要更大的努力。一直到现在，我们所拿出来的奋斗精神还是不够。因循、苟且、敷衍，种种病象在社会上还是很流行。我们还是有些老朽，我们应该趁早还童。

孟子说："天将降大任于斯人也，必先苦其心志，劳其筋骨，饿其体肤，空乏其身，行拂乱其所为，所以动心忍性，增益其所不能。"于今我们的时代是"天将降大任于斯人"的时代了，孟子所说的种种磨折，我们正在亲领身受。我希望每个中国人，尤其是青年们，要明白我们的责任，本着大无畏的精神，不顾一切困难，向前迈进。

劳作有度
合理安寝

谈休息

世间没有一件事物能在一个状态维持到久远的，生命就是变化，而变化都有一起一伏的节奏。

在世界各民族中，我们中国人要算是最能刻苦耐劳的。第一是农人。他们日出而作，日入而息，不分阴晴冷暖，总是硬着头皮，流着血汗，忙个不休。一年之中，他们最多只能在过年过节时歇上三五天。你如果住在乡下，常看他们在炎天烈日下车水拔草，挑重担推重车上高坡，或是拉牵绳拖重载船上急滩，你对他们会起敬心也会起怜悯心，觉得他们虽是人，却在做牛马的工作，过牛马的生活。读书人比较算是有闲阶级，但在未飞黄腾达以前，也要经过一番艰苦的奋斗。从前私塾学生从天亮到半夜，都有规定的课程，休息对他们说是一个稀奇的名词。小学生们只有在先生打瞌睡时偷耍一阵，万一先生不打瞌睡，就只有找借口逃学。从前读书人误会"自强不息"的意思，以为"不息"就是不要休息。十年不下楼、十年不窥园、囊萤刺股、发愤忘食之类的故事在读书人中传为美谈，奉为模范。近代学校教育比从前私塾教育似乎也并不轻松多少，从小学以至大学，功课都太繁重，每日除上六七小时课外还要看课本做练习。世界各国学校上课钟点之多，假期之短少，似没有比得上我们的。

这种刻苦耐劳的精神原可佩服，但是对于身心两方的修养却是极大的危害。最刻苦耐劳的是我们中国人，体格最赢弱而工作最不讲效率的也是我们中国人。这中间似不无密切关系。我们对于休息的重要性太缺乏彻底的认识了。它看来虽似小问题，却为全民族的生命力所关，不能不提出一谈。

自然界事物都有一个节奏，脉搏一起一伏，呼吸一进一出，筋肉一张一弛，以至日夜的更替，寒暑的来往，都有一个劳动和休息的道理在内。草木和虫豸在冬天要枯要眠，土壤耕种了几年之后须休息，连机器输电灯线也不能昼夜不息地工作。世间没有一件事物能在一个状态维持到久远的，生命就是变化，而变化都有一起一伏的节奏。跳高者为着要跳得高，先蹲得很低；演戏者为着造成一个紧张的局面，先来一个轻描淡写；用兵者守如处女，才能出如脱兔；唱歌者为着要拖长一个高音，先须深深地吸一口气。事例是不胜枚举的。世间固然有些事可以违拗自然去勉强，但是勉强也有它的限度。人的力量，无论是属于身或者属于心的，到用过了限度时，必定是由疲劳而衰竭，由衰竭而毁灭。譬如弓弦，老是尽量地拉满不放松，结果必定是裂断。我们中国人的生活常像满引的弓弦，只图张的速效，不顾弛的蓄力，所以常在身心俱惫的状态中。这是政教当局所必须设法改善的。

　　一般人以为多延长工作的时间就可以多收些效果，比如说，一天能走一百里路，多走一天，就可以多走一百里路，如此天天走着不歇，无论走得多久，都可以维持一百里的速度。凡是走过长路的人都知道算盘打得不很精确，走久了不歇，必定愈走愈慢，以至完全走不动。我们走路的秘诀，"不怕慢，只怕站"，实在只有片面的真理。永远站着固然不行，永远不站也不一定能走得远，不站就须得慢，慢有时延误事机；而偶尔站站却不至于慢，站后再走是加速度的唯一办法。我们中国人做事的通病就在怕站而不怕慢，慢条斯理地不死不活地望前挨，说不做而做着并没有歇，说做却并没有做出什么名色来。许多事就这样因循耽误了。我们只讲工作而不讲效率，在现代社会中，不讲效率，就要落后。西方各国都把效率看作一个迫切的问题，心理学家对这问题做了无数的实验，所得的结论是，以同样时间去做同

劳作有度，合理安寝

169

样工作，有休息的比没有休息的效率大得多。比如说，一长页的算学加法习题，继续不断地去做要费两点钟，如果先做五十分钟，继以二十分钟的休息，再做五十分钟，也还可以做完，时间上无损失而错误却较少。西方新式工厂大半都已应用这个原则去调节工作和休息的时间，结果工人的工作时间虽然少了，雇主的出品质量反而增加了。一般人以为休息是浪费时间，其实不休息的工作才真是浪费时间。此外还有精力的损耗更不经济。拿中国人与西方人相比，可工作的年龄至少有二十年的差别。我们到五六十岁就衰老无能为，他们那时还正年富力强，事业刚开始，这分别有多大！

休息不仅为工作蓄力，而且有时工作必须在休息中酝酿成熟。法国大数学家潘嘉赉研究数学上的难题，苦思不得其解，后来跑到街上闲逛，原来费尽气力不能解决的难题却于无意中就轻轻易易地解决了。据心理学家的解释，有意识作用的工作须得退到潜意识中酝酿一阵，才得着土生根。通常我们在放下一件工作之后，表面上似在休息，而实际上潜意识中那件工作在进行。詹姆斯有"夏天学溜冰，冬天学泅水"的比喻。溜冰本来是前冬练习的，今夏无冰可溜，自然就想不到溜冰，算是在休息，但是溜冰的筋肉技巧却恰在此时凝固起来。泅水也是如此，一切学习都如此。比如我们学写字，用功甚勤，进步总是显得很慢，有时甚至越写越坏。但是如果停下一些时候再写，就猛然觉得字有进步。进步之后又停顿，停顿之后又进步，如此辗转多次，字才易写得好。习字需要停顿，也是因为要有时间让筋肉技巧在潜意识中酝酿凝固。习字如此，习其他技术也是如此。休息的工夫并不是白费的，它的成就往往比工作的成就更重要。

《佛说四十二章经》里有一段故事，戒人为学不宜操之过急，说得很好："沙门夜诵迦叶佛教遗经，其声悲紧，思悔欲退。佛问之曰：'汝昔在家，曾为何业？'对曰：'爱弹琴。'佛言：'弦缓如何？'对曰：'不鸣矣。''弦急如何？'对曰：'声绝矣。''急缓得中如何？'对曰：'诸音普矣。'佛言：'沙门学道亦然。心若调适，道可得矣。于道若暴，暴即身疲；其身若疲，意即生恼；意若生恼，行即退矣。'"我国先儒如程朱诸子教人为学，亦常力戒急迫，主张"优游涵泳"。这四个字含有妙理，它所指的功夫是猛火煎后的慢火煨，紧张工作后的潜意识的酝酿。要"优游涵泳"，非有充分休息不可。大抵治学和治事，第一件要事是清明在躬，从容而灵活，常做得自家的主宰，提得起也放得下。急迫躁进最易误事。我有时写字或作文，在意兴不佳或微感倦怠时，手不应心，心里愈想好，而写出的愈坏，在此时仍不肯丢下，带着几分气愤的念头勉强写下去，写成要不得就扯去，扯去重写仍是要不得，于是愈写愈烦燥，愈烦燥也就写得愈不像样。假如在发现神志不旺时立即丢开，在乡下散步，吸一口新鲜空气，看看蓝天绿水，陡然间心旷神怡，回头来再伏案做事，便觉精神百倍，本来做得很艰苦而不能成功的事，现在做起来却有手挥目送之乐，轻轻易易就做成了。不但作文写字如此，要想任何事做得好，做时必须精神饱满，工作成为乐事。一有倦怠或烦躁的意思，最好就把它搁下休息一会儿，让精神恢复后再来。

人须有生趣才能有生机。生趣是在生活中所领略得的快乐，生机是生活发扬所需要的力量。诸葛武侯所谓"宁静以致远"就包含生趣和生机两个要素在内，宁静才能有丰富的生趣和生机，而没有充分休息做优游涵泳的功夫的人们决难宁静。世间有许多过于辛苦的人，满身是尘劳，满腔是杂念，时时刻刻都为环境的需要所驱遣，如机械一般流转不息，自己做不得自己的主宰，呆板枯燥，没有一点人生之趣。这种人是环境压迫的牺牲者，没有力量抬起头来驾驭环境或征服环境，在事业和学问上都难有真正的大成就。我认识许多穷苦的农人、孜孜不辍的老学究和一天在办公室坐八小时的公务员，都令我起这种感想。假如一个国家里都充满着这种人，我们很难想象出一个光明世界来。

基督教《圣经》叙述上帝创造世界的经过，于每段工作完成之后都赘上一句说："上帝看看他所做的事，看，每一件都很好！"到了第七天，上帝把他的工作都完成了，就停下来休息，并且加福于这第七天，因为在这一天他能够休息。这段简单的文字很可耐人寻味。我们不但需要时间工作，尤其需要时间对于我们所做的事回头看一看，看出它很好；并且工作完成了，我们需要一天休息来恢复疲劳的精神，领略成功的快慰。这一天休息的日子是值得"加福的"，"神圣化的"（《圣经》里所用的字是 Blessed and sanctified）。在现代紧张的生活中，我们"车如流水马如龙"地向前直滚，曾不留下一点时光做一番静观和回味，以至华严世相都在特别快车的窗子里滑了过去，而我们也只是轮回戏盘中的木人木马，有上帝的榜样在那里而我们不去学，岂不是浪费生命！

我生平最爱陶渊明在自祭文里所说的两句话："勤靡余劳，心有常闲。"上句是尼采所说的狄俄尼索斯的精神，下句则是阿波罗的精神。动中有静，常保存自我主宰。这是修养的极境。人事算尽了，而神仙福分也就在尽人事中享着。现代人的毛病是"勤有余劳，心无偶闲"。这毛病不仅使生活索然寡味，身心俱瘁，于事劳而无功，而且使人心地驳杂，缺乏冲和弘毅的气象，日日困于名缰利锁，叫整个世界日趋于干枯黑暗。但丁描写魔鬼在地狱中受酷刑，常特别着重"不停留"或"无间断"的字样。"不停留""无间断"自身就是一种惩罚，甘受这种惩罚的人们是甘愿人间成为地狱。上帝的子孙们，让我们跟着他的榜样，加福于我们工作之后休息的时光啊！

谈消遣

我们有时须完全放弃工作，做一点无所为而为的活动，享受一点自由人的幸福。

身和心的活动都有有节奏的周期，这周期的长短随各人的体质和物质环境而有差异。在周期限度之内，工作有它的效果，也有它的快慰。过了周期限度，工作就必产生疲劳，不但没有效果，而且成为痛苦。到了疲劳，就必定有休息，才能恢复工作的效果。这道理极浅，无用深谈。休息的方式甚多，最理想而亦最普遍的是睡眠。

在睡眠中生理的功能可以循极自然的节奏进行，各种肌肉仍在活动，却不需要紧张的注意力，也没有工作情景需要所加的压迫，它的动作是自由的、自然的、不费力气的、倾向弛懈的。一个人如果每天在工作疲劳之后能得到充分时间的熟睡，比任何养生家的秘诀都灵验。午睡尤其有效。午睡醒了，午后又变成了清晨，一日之中就有两度的朝气。西方有些中小学里，时间表内有午睡的规定，那是很合理的。我国的理学家和各派宗教家于睡眠之外练习静坐。静坐可以使心境空灵，生理功能得到人为的调节，功用有时比睡眠更大。但是初习静坐需要注意力的控制，有几分不自然，不易成为恒久的习惯，而且在近代生活状况之下，静坐的条件不易具备，所以它不能很普遍。

睡眠与静坐都不能算是完全的休息，因为许多生理的功能照旧在进行。严格地说，生物在未死以前决不能有完全的休息。有生气就必有活动，"活"与"动"是不可分的。劳而不息固然是苦，息而不劳尤其是苦。生机需要休养，也需要发泄。生机旺而不泄，像春天的草木萌芽被砖石压着，或是把压力推开，冲吐出来，或是变成拳曲黄瘦，失去自然的形态。心理学家已经很明白地指示出来：许多心理的毛病都起于生机不得正当的发泄。从一般生物的生活看，精力的发泄往往同时就是精力的蓄养。人当少壮时期，精力最弥漫，需要发泄也就愈强烈，愈发泄，精力也就愈充足。一个生气蓬勃的人必定有多方的兴趣，在每方面的活动都比常人活跃，一个人到了可以索然枯坐而不感觉不安时，他必定是一个行将就木的病夫或老者。如果他们在健康状态中，需要活动而不得活动，他必定感到愁苦抑郁。人生最苦的事是疾病幽囚，因为在疾病幽囚中，他或是失去了精力，或是失去了发泄精力的自由。

精力的发泄有两种途径：一是正当工作；一是普通所谓消遣，包含各种游戏运动和娱乐在内。我们不能用全副精力去工作，因为同样的注意方向和同样的筋肉动作维持到相当的限度，必定产生疲劳，如上所述。人的身心构造是依据分工合作原理的。对于各种工作我们都有相当的一套机器，一种才能和一副精力，比如说，要看有眼，要听有耳，要走有脚，要思想有头脑。我们运用眼的时候，耳可以休息，运用脑的时候，脚可以休息。所以在专用眼之后改着去用耳，或是在专用脑之后改着去用脚，我们虽然仍旧在活动，所用以活动的只是耳或脚，眼或脑就可以得到休息了。这种让一部分精力休息而另一部分精力活动的办法在西文中叫做 diversion，可惜在中文里没有恰当的译名。这也足见我们没有注意到它的重要。它的意义是"转向"，工作方面的"换口味"，精力的侧出旁击。我们已经说过，生物不能有完全的休息，普通所谓休息，除睡眠以外，大半是 diversion，这种"换口味"的办法对于停止的活动是精力的蓄养，对于正在进行另一活动是精力的发泄。它好比打仗，一部分兵力上前线，另一部分兵力留在后面预备补充。全体的兵力都上了前线，难乎为继；全体的兵力都在后方按兵不动，过久也会疲劳无用，仗自然更打不起来。更番瓜代仍是精力的最经济、最合理的支配，无论是在军事方面或是在普通生活方面。

更番瓜代有种种方式。普通读书人用脑的机会比较多，最好常在用脑之后做一番筋肉活动，如散步、打球、栽花、做手工之类，一方面可以使脑得休息而恢复疲劳，一方面也可以破除同一工作的单调，不至发生厌闷。卢梭谈教育，主张学生多习手工，这不但因为手工有它的特殊的教育功效，也因为用手对于用脑是一种调节。大哲学家斯宾诺莎于研究哲学之外，操磨镜的职业，这固然是为着生活，实在也很合理，因为两种性质相差很远的工作互相更换，互为上文所说的 diversion，对于心身都有好影响。就生活理想说，劳心与劳力应该具备于一身，劳力的人绝对不劳心固然变成机械，劳心的人绝对不劳力也难免文弱干枯。现在劳心与劳力成为两种相对峙的阶级，这固然是历史与社会环境所造成的事实，但是我们应该不要忘记它并不甚合理。在可能范围之内，我们应该求心与力的活动能调节适中。我个人很羡慕中世纪欧洲僧院的生活，他们一方面诵经、抄书、画画，而且做很精深的哲学研究，一方面种地、砍柴、酿酒、织布。我尝想到我们的学校在这个经济凋惫之际为什么不想一个自给自足的办法，有系统有计划地采行半工半读制？这不仅是从经济着眼，就是从教育着眼，这也是一种当务之急。大部分学生来自田间，将来纵不全数回到田间，也要走进工厂或公务机关；如果在学校里只养成少爷小姐的心习，全不懂民生疾苦，他们决难担负现时代的艰巨责任。当然，本文所说的劳心与劳力的调剂也是一个重要的理由。

不同性质的工作更番瓜代，固可以收到调剂和休息的效用，可是一个人，不能时时刻刻都在工作，事实也没有这种需要，而且劳苦过度，工作也变成一种苦事，不能有很大的效率。我们有时须完全放弃工作，做一点无所为而为的活动，享受一点自由人的幸福。工作都有所为而为，带有实用目的；无所为而为，不带实用目的活动，都可以算作消遣。我们说"消遣"，意谓"混去时光"，含义实在不很好，西方人说"转向"（diversion），意谓"把精力朝另一方面去用"，它和工作同称为occupation，比较可以见出消遣的用处。所谓occupation无恰当中文译词，似包含"占领"和"寄托"二义。在工作和消遣时，都有一件事物"占领"着我们的身心，而我们的身心也就"寄托"在那一件事物里面。身心寄托在那里，精力也就发泄在那里。拉丁文有一句成语说："自然厌恶空虚。"这句话近代科学仍奉为至理名言。在物理方面，真空固不易维持，一有空隙，就有物来占领；在心理方面，真空虽是一部分宗教家（如禅宗）的理想，在实际上也是反乎自然而为自然所厌恶。我们都不愿意生活中有空隙，都愿意有事物"占领"着身心，没有事做时须找找事做，不愿做事时也不甘心闲着，必须找一点玩意儿来消遣，否则便觉得厌闷苦恼。闲惯了，闷惯了，人就变干枯无生气。

消遣就是娱乐，无可消遣当然就是苦闷。世间欢喜消遣的人，无论他们的嗜好如何不同，都有一个共同点，就是他们必都有强旺的生活力，运动家和艺术家如此，赌徒乃至于烟鬼也是如此。他们的生活力强旺，发泄的需要也就跟着急迫。他们所不同者只在发泄的方式。这有如大水，可以灌田、发电或推动机器，也可以泛滥横流，掩蔽人畜草木。同是强旺的生活力，用在运动可以健身，用在艺术可以怡情养性，用在吃喝嫖赌就可以劳民伤财，为非作歹。"浪子回头金不换"，也就是这个道理。所以消遣看来虽似末节，却与民族性格国家风纪都有密切关系。一个民族兴盛时有一种消遣方式，颓废时又有另一种消遣方式。古希腊罗马在强盛时，人民都欢喜运动、看戏、参加集会；到颓废时，才有些骄奢淫逸的玩意儿如玩娈童、看人兽斗之类。近代条顿民族多喜欢户外运动，而拉丁民族则多消磨时光于咖啡馆或跳舞厅。我国古代民族娱乐花样本极多，如音乐、跳舞、驰马、试剑、打猎、钓鱼、斗鸡、走狗等等含有艺术意味或运动意味。后来士大夫阶级偏嗜琴棋书画，虽仍高雅，已微嫌侧重艺术，带有几分"颓废"色彩。近来"民族形式"的消遣似已只有打麻将、坐茶馆、吃馆子、逛窑子几种。对于这些玩意儿不感兴趣的人们除着做苦工之外，就只有索然枯坐，不能在生活中领略到一点乐趣。我经过几个大学和中学，看见大部分教员和学生终年没有一点消遣，大家都喊着苦闷，可是大家都不肯出点力把生活略加改善，提倡一些高级趣味的娱乐来排遣闲散时光。从消遣一点看，我们可以窥见民族生命力的低降。这是一个很危险的现象。它的原因在一般人不明了消遣的功用，把它太看轻了。

其实这事并不能看轻。柏拉图计划理想国的政治，主张消遣娱乐都由国法规定。儒家标六艺之教，其中礼、乐、射、御四项都带有消遣娱乐意味，只书、数两项才是工作。孔子谈修养，"居于仁"之后即继以"游于艺"，这足见中西哲人都把消遣娱乐看得很重，梁任公先生有一文讲演消遣，可惜原文不在手边，记得大意是反对消遣浪费时光。他大概有见于近来我国一般消遣方式趣味太低级。但我们不能因噎废食。精力必须发泄，不发泄于有益身心的运动和艺术，便须发泄于有害身心的打牌、抽烟、喝酒、逛窑子。我们要禁绝有害身心的消遣方式，必须先提倡有益身心的消遣方式。比如水势须决堤泛滥，你不愿它决诸东方，就必须让它决诸西方，这是有心政治与教育的人们所应趁早注意设法的。要复兴民族，固然有许多大事要做，可是改善民众消遣娱乐，也未见得就是小事。

游戏与娱乐

——给《申报周刊》的青年读者（四）

> 游戏和娱乐的缺乏不仅是生命力枯涸的征兆，
> 简直是生命力枯涸的原因。

朋友：

前信谈民族的生命力，意尚有未尽，现在再说几句话来补充。

精神的衰落由于体格的羸弱；要想振作精神，先要设法强健身体；要想强健身体，不能不求运动的普遍化。这个道理本极浅近，许多人因为它浅近而忽视它的重要，所以我在前信中反复陈之。今天我所要补充的话是关于游戏与娱乐的。我的要旨可以用一两句话说完：无论是民族或是个人，生命力的富裕都流露于游戏与娱乐，所以如果你要观察一个人或是一个民族有无生气，游戏与娱乐是最好的试水准。中国民族现在已走到衰残老朽无生气的地步，最显著的征兆就在缺乏正当的游戏和娱乐。这是一般人所承认的。我以为我们还可以进一步说，游戏和娱乐的缺乏不仅是生命力枯涸的征兆，简直是生命力枯涸的原因。前信所说的运动只能算是游戏与娱乐中的一个小节目。如果我们想把中国民族改造成一种活泼有生气的民族，只提倡运动还不够，我们应该多多注意一般的游戏和娱乐。

让我们看看欧美人的生活！他们每天工作都有一定的时间，一到下了工，无论是男的女的，老的少的，贫的富的，都如醉如狂地各寻各的娱乐：看戏、跳舞、听音乐、打球、逛公园、上咖啡馆，一玩就玩一个痛快，到第二天起来，又抖擞精神，各做各的工作，一做也就做一个痛快。一到礼拜天或是其他假期，他们简直像学童散学，或是囚犯出牢似的，说不出来那一股快乐劲儿。有钱的人坐头等车到海滨去洗澡晒太阳，没有钱的人也背一袋干粮徒步走到附近的山上或河边，过一天痛快的逍遥生活。我从前住法国时，曾寄居在一个乡下人家，主人是一个寻常的工人，所赚的工资恰够维持家用，看他处处都很节省，但是一到假期，他总是把一礼拜中辛苦所挣的些微储蓄花在娱乐方面。他虽然是很穷，生活却过得很舒适。到晚间来，他的妻子要弹一阵子钢琴，他的小孩要唱几曲歌，玩几种把戏，他自己要讲一段故事，说几句笑话。一家四五口人居然过得很热闹，很快活。在这种小家庭中你绝对感觉不到单调乏味或是寂寞。总之，无论是在野外，在公共娱乐场，或是在家庭里面，他们处处都流露一种蓬蓬勃勃的生气，个个人都觉得生活是一件乐事，因为个个人都知道怎样生活。

让我们回头看看我们中国人的生活！大多数小百姓整天整年地像牛马一样地劳作，肩背上老是感觉到生活的压迫，面孔上老是表现奔波劳碌所酿成的憔悴，没有一刻休息的时间，更谈不到什么消遣和娱乐。许多人都在夸奖中国人这种刻苦耐劳的本领，不知道刻苦耐劳固然可钦佩，过分劳苦的生活也是剥削民族元气的刀锯。弓有弛才能有张，张而不弛，过了一定的限度必定裂断，至少也要失去它的弹性与射击力。中国民族生活就像永远是攀满弦的弓，现在似乎已逼近精疲力竭的日子了。姑就工作的效率说，学过心理学的人都知道，接连做十二点钟的工不如拿六点钟来休息寻娱乐，以剩下的六点钟去聚精会神地工作。所以欧美人虽然每天只做八小时左右的工，而效率反比我们整天做不歇大得多。我们一般中国人，做既然没好好地做，玩也没有好好地玩，只不松不紧地拖下去，结果是弄得体力俱敝而事无所成。这是中国社会一个极严重的病象，如果掌政教之责的人们一日不觉悟到它的严重性而急谋救药，我相信中国民族就一日没有恢复生命力的希望。

　　生命是需要流动变化而厌恶单调板滞的。地下的泉水要流通才能兴旺。它愈有机会发泄，就愈源源不绝地涌出。如果你把它的出口塞住，它不是停蓄淤滞，就是泛滥横流。人的生命力也是如此。人生来就有种种本能，情欲和其他自然倾向，每种都有一种潜力附丽在上面，这种潜力正如泉水，要流通发泄，才能生发不穷。弗洛伊德派心理学很明白地告诉我们：近代人的许多心理变态都起于人性的自然要求不得适当的满足。所以新近哲学家们都以为最健全的人生理想是多方面的自由发展；压抑某一部分性格，让某另一部分性格畸形发展，是一种最误事的办法。不幸得很，我们中国人以往所采取的恰是这种最误事的办法。小孩子生下来就要受种种束缚和钳制，许多健康人所必有的自然冲动老早就被压抑下去，还未少年，便已老成。到了老成，束缚更多。尤其是受过教育的人们要扮一副儒雅严肃面孔，一辈子不能痛痛快快地过一天自然人的生活。游戏便是轻薄，娱乐全不正经。"人生而静天之性"，所以"静"到老到死是最高的理想。我常想，中国人在精神方面尽是一些驼子跛子瞎子，四肢挛曲，五官不全，好比园中的花木，全被花匠用人工弯扭成种种不自然的形状，他们的生活干枯，他们的容貌憔悴，他们的文化衰落，都是事有必至，理有固然的。

游戏与娱乐是人生自然需要，中国人决不是例外。有这种需要而没有这种机会，于是种种变态的不正当的满足的方法就起来了。外国人有闲工夫就去泅水打球爬山逛公园，中国人有闲工夫就守着方桌打麻将，躺在床上抽大烟，或是在酒馆里吃得一肚子油腻之后，醉醺醺地跑到窖子里抱妓女，比较新式的也不过是挤到肉臭熏天的电影院和跳舞场里去凑热闹。我可以说，中国人所有的娱乐都是文化衰落后的病态的象征，它们的功用不在调剂生活的单调，求多方面的发展，而在姑图一时的强刺激和麻醉，与吗啡针绝对没有分别。

我说正当的游戏和娱乐的缺乏足证中国文化的衰落与民族生命力的枯竭，听者也许以为过甚其词。其实我们如果稍稍研究古代中国人的生活状况，就知道这是不可逃避的结论。在古代小学教育中六艺是必修科，其中不但射御，就是礼乐书数也多少含有游戏与娱乐的性质。公私宴会中奏乐、唱歌、投壶、跳舞往往是必有的节目，平民娱乐如博箭、樗蒲、斗鸡、走狗、击剑、跳丸、履絙、戏车、弄马、藏钩、射覆、击钱、掷豆等等五花八门，简直数不清楚。孔子有一天叫门人们谈各人的志向。曾点说："暮春者，春服既成，冠者五六人，童子六七人，浴乎沂，风乎舞雩，咏而归。"孔子听了特别赞赏他说："吾与点也！"可见古代儒家也并不提倡不近人情的枯燥生活。我们现在回头看看，古书中所载的许多游艺杂技有几种保存到现在？拿现代中国人的生活比周秦时代的生活，相差有几远？中国人本来欢喜唱歌，现在已失去唱歌的习惯；本来欢喜跳舞，现在已失去跳舞的习惯；本来欢喜射御以及许多其他杂艺，现在这些杂艺变为士大夫所不齿的"鄙事"。你说这不是文化衰落的征兆？最显著的是乐歌的灭亡。乐歌是生气的最真切的表现。世界上没有一个有生气的民族不欢喜唱歌奏乐，而中国民族在世界中可说已经退化成为最不会唱歌奏乐的民族。别说这是小事！它比一般人所慨叹的"人心不古，世道沦夷"还更可危惧，因为浪子终可回头，而老朽是必趋于枯死。

我有许多幼年时代的英俊的同学现在都在抽大烟，或是整天地打麻将，逛窑子。想到他们，我不禁慨叹一个人在中国其容易毁，同时，也替未来的许多英俊青年慄慄危惧。谁敢说将来中国没有一天会亡于鸦片与麻将？政府在高唱禁烟禁赌，我以为这还是治标的办法，治本的办法是提倡多方面的正当游戏和娱乐。许多事情都由习惯养成，比如外国传来的跳舞，许多年轻男女都已学会了，难道许多其他比较有益的玩艺就学不会么？唱歌、弹琴、爬山、泅水、划船、打球、骑马、野餐旅行，哪一件不比抽鸦片打麻将强？谁不知抽鸦片打麻将是坏事？但是在中国生活真枯燥，许多人都被单调和厌倦逼得睁着眼睛下火坑。如有正当的娱乐，许多坏嗜好是不禁自禁的。

一个人如果有正当的游戏和娱乐，对于生活兴趣一定浓厚，心境一定没有忧郁或厌倦，精神一定发扬活泼，做事一定能勇往直前。一个民族如果相习成风地嗜好正当的游戏和娱乐，它的生气一定是蓬蓬勃勃的，文化衰落后的种种变态的不康健的恶习一定不能传染到它身上。所以在今日中国青年图谋民族复兴应注意的事项中，我把游戏和娱乐摆在一个极重要的地位。我奉劝我所敬爱的青年们都趁早学几种游戏，寻几种有益身心的娱乐的方法，多唱歌，多驰马试剑，别再像我们这一辈子人们天天在房子里枯坐着，埋怨生活单调苦闷！

光潜

谈体育

我们慢些谈学问，慢些谈道德，慢些谈任何事功，第一件要事先把身体这个机器弄得坚强结实。

理想的教育应以发展全人为鹄的。全人包括身心两方面，修养也应同时顾到这两方面。心的修养包含智育、德育、美育三个方面，相当于知、情、意三种心理机能。身的修养即所谓体育。近来我们的教育对于心的修养多偏重智育，德育与美育多被忽视。这种畸形的发展酿成一般人的道德堕落与趣味低下，已为共见周知的事实。至于体育更是落后。学校虽设有体育这门功课，大半是奉行公事，体育教员一向被轻视，学生不注意体育可不致影响升级和毕业，学校在体育设备上花的费用在整个预算上往往不及百分之一。如果你把身心的重要看作平等，把心的方面知、情、意三种机能的重要也看作平等，再把目前教育状况衡量一下，就可以想到我们的教育不完善到了什么一个程度。德育和美育至少在理论上还有人在提倡，体育则久已降于不议不论之列了。体育所以落到这种无足轻重的地位，大半因为一般人根本误认体肤没有心灵那么高贵，一部分宗教家和哲学家甚至把体肤看成心灵的迷障，要修养心灵须先鄙弃体肤的需要。我们崇拜甘地，仿佛以为甘地成就他的特殊精神，就与他的身体瘦弱有关，身体不瘦弱，就不能成圣证道。这种错误的观念不破除，我们根本不能谈体育。

生命是有机的，身与心虽可分别却不可割裂；没有身就没有心，身体不健全，心灵就不会健全。这道理可以分几点来说。

第一，身体不健全，聪明智慧不能发展最高度的效能。我们中国民族的聪明智慧并不让西方人，但是在学问事业方面的造就，我们常赶不上他们。原因固然很多，身体羸弱是最重要的一种。普通欧美人士说："生命从四十岁开始。"他们到了五六十岁时，还是血气方刚，还有二三十年可以在学问事业方面努力。但是普通中国人到了四十岁以后，精力就逐渐衰惫，在西方人正是奋发有为的时候，我们已宣告体力的破产，做告老退休的打算。在普通西方人，头三四十年只是训练和准备的时期，后三四十年才可以谈到成就与收获；在我们中国人，刚过了训练和准备的时期，可用的精力就渐就耗竭，有如果子未成熟就萎落，如何能谈到成就与收获呢？无论是读书、写字、做文章、演说、打仗或是办事，必须精力弥满，才可以好。尤其是做比较重大的工作，我们需要持久的努力，要能挣扎到底，维持最后五分钟的奋斗。我们做事往往开头很起劲，以后越做越觉得精力不济，那最后五分钟最难挨过，以致功亏一篑。这就由于身体羸弱，生活力不够。

其次，身体羸弱可以影响到性情和人生观。我常分析自己，每逢性情暴躁，容易为小事动气时，身体方面总有些毛病，如头痛、牙痛、胃痛之类；每逢心境颓唐，悲观厌世时，大半精疲力竭，所能供给的精力不够应付事物的要求，这在生病或失眠时最易发生。在睡了一夜好觉之后，清晨爬起来，觉得自己生气蓬勃，心里就特别畅快，对人也就特别和善。我仔细观察我所常接触的人，发现体格与心境的密切关系是很普遍的。我没有看见一个真正康健的人为人不和善，处世不乐观；也没有看见一个愁眉苦脸的人在身体方面没有丝毫缺陷。我们中国青年中许多人都悲观厌世、暮气沉沉，我敢说这大半是身体不健康的结果。

第三，德行的亏缺大半也可归原到身体的羸弱。西谚说："健全精神宿于健全身体。"这句话的意味实在深长。我常分析中国社会的病根，觉得它可以归原到一个字——懒。懒，所以萎靡因循，遇应该做的事拿不出一点勇气去做；懒，所以马虎苟且，遇不应该做的事拿不出一点勇气去决定不做；懒，于是对一切事情朝抵抗力最低的路径走，遇事偷安取巧，逐渐走到人格的堕落。懒的原因在哪里呢？懒就是物理学上的惰性，由于动力的缺乏，换言之，由于体力的虚弱。比如机器要产生动力，必须开足马达，要开足马达，必须电力强大。身体好比马达，生活力就是电力，而努力所需要的坚强意志就是动力，生活力不旺——这就是说，体力薄弱——身体那一个马达就开不动，努力所需要的动力就无从产生。所以精神的破产毕竟起于身体的破产。

生命是一种无底止的奋斗。一个士兵作战，一个学者研究学问，或是一个普通公民勇于尽自己的职责，向一切恶的引诱说一个坚决的"不"字，向一切应做的事说一个坚决的"干"字，都需要一番奋斗的精神，一股蓬勃的生活力。我们多数民众所最缺乏的就是这奋斗所必需的生活力，尤其在这抗建时代，我们必须彻底认识这种缺乏的严重性，极力来弥补它。我们慢些谈学问，慢些谈道德，慢些谈任何事功，第一件要事先把身体这个机器弄得坚强结实。

要补救我们民族的体格羸弱，必先推求羸弱的病因，然后对症下药。一般人都知道一些健身的方法和道理，例如营养适宜、衣食住清洁、生活有规律、运动休息得时之类。我们中国人体格羸弱，大半由于对于这些健康的基本条件没有十分注意，这是谁都会承认的。但是我以为这些条件固然重要，却都是后天的培养，最重要的还是先天的基础。比如动植物的繁殖，在同样的后天环境之下，种子好的比种子差的较易于发育茁壮。哈巴狗总不能长成狮子狗，任凭你怎样去饲养。我知道许多人一辈子注意卫生，一辈子仍是不很强壮，就吃亏在先天不足；我也知道许多人一辈子不知道什么叫做卫生，可是身体依然是坚实，他们生来就有一副铜筋铁骨。因此，我想到在体格方面，先天的基础好，比任何谨慎的后天的培养都要强；我们要想改变民族的体质，第一步要务是彻底地研究优生。在身体方面的优生，有三个要点必须注意。一、男女配合必须在发育完成之后，早婚必须绝对禁止。二、选择配偶的标准必须把身体强健放在第一位。我们应特别奖励强壮的男子配强壮的女子。已往男择女要林黛玉那样弱不禁风，工愁善病；女择男要潘安那样白面书生，风度儒雅。这种传统的思想必须打破。

三、妇女在妊孕期内必须有极合理的调养，在生产后至少在三年之内须节制妊孕。先天的基础，母亲要奠立一大半，母亲的健康比父亲的更为重要。现在一般母亲在妊孕期劳作过度，营养不充分，而妊孕期的周率又太频繁，一年生产一次几是常事。这一点影响民族体格的健康比其他一切因素都较严重。以上三点体格优生要义我们必须灌注到每一个公民的头脑里去，在必要时，我们最好能用政府的力量帮助人民去切实施行。

至于后天的培养用不着多说，一般人都知道一些卫生常识。第一是营养必须适宜。目前物价昂贵，一般青年们正当发育的年龄，不能得到最低限度的营养，以致危害到健康。这是一个很严重的现象，政教当局必须彻底认识，急图补救。其次是生活必须有规律，起居饮食，劳作休息，都须有一定的时候，一定的分量，一定的节奏。

在这一点，我们中国人的习惯很差。迟睡晚起，打牌可以打连宵，平时饮食不够营养的标准，进馆子就得把肚皮胀破，劳作者整天不得休息，游手好闲者整天不做工作，如此等类的毛病都是酿成民族羸弱的因素。单就青年说，目前各学校的功课都太繁重，营养所产生的力量过少，功课担负所要求的力量过多，供不应求，逼成虚耗。这也是一个很严重的现象。要教育合理化，各级学校的课程必须尽量裁汰。第三是心境要宽和冲淡，少动气，少存杂念。我国古代养生家素来特重这一点，所以说："养生莫善于寡欲。"我们近代人对此点似多认为陈腐，其实这很可惜。近代社会复杂，刺激特多，愈近于文明，愈远于自然，处处都是扰乱心志的事物，就是处处逼我们打消耗战。我们必须淡泊宁静，以逸待劳。这不但可以养生，也可以使学问事业得到较大的成就。

如果做到上面几点，我相信一个人不会不康健。康健的生活是正常的自然的。健康的最大秘诀就在使生活是正常的自然的。近代人谈体育，多专指运动，其实专就健康而言，运动是体育的下乘节目。运动的要义在使血液流通，筋肉平均发展，脑筋与筋肉互换劳息。这三点在普通劳作方面也可以办到。自然人都很健康，除渔猎耕作及舞蹈以外，别无所谓运动，而身体却大半很强健。不过运动确也有不能用普通劳作代替的地方。第一，它是比较地科学化，顾到全身筋肉脉络的有系统的调摄和锻炼。在近代社会中分工细密，许多人只用一部分筋肉去劳作，有系统的运动实为必要。第二，运动带有团体娱乐的意味，是群育的最好工具。在中国古代，射以观德；近代西方人也说运动可以养成"公平游艺"（fair play），一个公平正直的人有"运动家的风度"（sports manship）。要训练合作互助，尊重纪律的精神，最好的场所是运动场。威灵顿说："滑铁卢的胜仗，是在义敦和哈罗两校运动场上打来的。"就是因为这个道理。从这两点说，我们急需提倡运动。不过已往饲养选手替学校争门面的办法必须废除。运动必须由学校推广到全社会，成为每个人日常生活中的一个节目，如吃饭睡觉一样，它才能于全民族的健康有所补助。

为《给青年的十三封信》

——朱光潜给朱光潜

许多事都是不戳穿的好，所以我希望你在我心里永远保存这一点含有问题的神秘性。但是我也想把心里想说的话说给你听。

光潜先生：

今天接到上海的朋友寄来一部书，打开来一看，使我吃了一惊。封面上题的是"致青年"，"朱光潜著"。旁边又附注"给青年的十三封信"字样。我第一眼把大名中的"潜"字看成"潜"字。我不知道是因为幻觉还是因为虚荣，不假思索地就把你的大著误认为我自己的了，这得请你原谅。第一，"朱光潜"和"朱光潜"在字面上实在太相像了。第二，叫做"朱光潜"的我也曾写过一部小册子叫做《给青年的十二封信》，而且我的《谈美》也被书店在封面上附注过"给青年的第十三封信"字样。第三，你的大著和我的拙作的封面图案也大致相同，也是在一些直线中间嵌了一些星星。你想，这也难怪我错认，而且错认的也不只我一个人。寄大著给我看的那位朋友原先也把你看作我。他在信上说，"在书摊上来回翻这书，越看越不像你写的，所以买了来给你看"，下面他还说了一句失敬的话，我不援引罢。你看，他在书摊上"来回"翻这书，"越看"才发觉"越不像我写的"。他是知道我的人，不知道我的人们不容易发觉你的大著不是我写的，恐怕更可原谅罢？

光潜先生，我不认识你，但是你的面貌、言动、姿态、性格等等，为了以上所说的一点偶然的因缘，引动了我的很大的好奇心。我心里现在想象揣摩你像什么样

劳作有度，合理安寝

205

的一个人。许多事都是不戳穿的好，所以我希望你在我心里永远保存这一点含有问题的神秘性。但是我也想把心里想说的话说给你听。不认识你而写信给你，似乎有些唐突。请你记得我是你的一个读者。如果这个资格不够，那只得怪你姓朱名光潜，而又写《给青年的十三封信》了！

头一层，我应该向你忏悔。我在写《给青年的十二封信》时，自己还是一个青年。那时候我的朋友夏丏尊先生办了一个给中学生看的刊物，叫做《一般》，要我写一点稿子，我就把随时感触到的随时写成书信寄给他，里面固然有些是以中学生为对象而写的，但是大部分是私人切身的感想。我从头到尾都是看着自己的心去写，绝对没有"教训"人的念头，更谈不上想到借这些处女作去出风头或是赚稿费。我根本不相信任何人可以自居"先进者"的地位去"教导"青年，而且能够把青年"教导"得好。就我自己的经验说，我在青年时代最得益的并不是师长的义正词严的教训，而是像我一般的年青的朋友们对于他们自己的内心冲突、挣扎、怀疑、信仰所下的忠实的剖白。这种剖白引起我的同情、印证、感动和回思。我不断地受这种心灵的激动，也就不断地获到心灵的发展。从此我深深地感觉到卢梭在《爱弥儿》里说的导师和生徒的年龄应相仿佛的话，含有极大的智慧。自己是青年，才能够真正地和青年做朋友，才能彼此都觉得是一伙子的人，不论是甜的苦的，大家都可以互相契合，互相同情，这样才能彼此互相观摩激发。我现在看到自己从前写的《给青年的十二封信》，心里实在惭愧。我想每个成年人回想到他在童年时代的稚气和愚骏，都不免有些惭愧。但是我的那部小册子也正因为那一点坦坦白白地流露出来的稚气和愚骏，博得一般青年的爱好。我本来是他们中间的一个人，我的忧愁、我的喜悦也都是他们的忧愁和他们的喜悦，我"吐肚子"向他们谈心事，他们觉得和我同情同感。这对于他们有益还是有害，我和他们都不十分较量到。我对于青年的关系原来不过如此。后来那部小册子流行很广，我便以《给青年的十二封信》的作者的资格，被好些本不相识的人们认识了。到现在和新朋友们见面，还常被人用这个头衔来介绍我。他们甚至于用什么"教导青年"的字样来夸奖我。我有时为这件事不但觉得羞愧，也很觉得愤慨。我本来厌恶"教导青年"的话头，现在居然被人以"教导青年"的字样安在我的头上，这就是坦白地流露稚气和愚骏的报酬或惩罚么？

光潜先生，你不防这前车之鉴，别的不说，你就不怕"蹈覆辙"的危险么？你的大著，我因为时间匆忙，并没有从头到尾地细读，只约略地这里翻一点那里翻一点看了一看。我也稍微有一点感想。第一层，我钦佩你的坦白。你自称"少年文人""先进者""对于文学的嗜欲最少已有十年的历史""尝遍了多少苦痛，碰着了多少钉子"，你援引"政治部、军队里的革命青年，大半是爱好文学的"一件事例做断定"说什么献身于文学的人都是柔弱而无可为的人，尤其是荒谬极点"的"铁证"，你承认——这里我抄你一段话，以免断章取义之嫌。

我观得现在一般青年的确有些"发表狂"！……大多的青年只怪为什么登起来的文章总是那几个名人做的，自己的为什么不给登载出，他没有计及人家的作品怎样的，自己的作品又是怎样，这是现代一般爱好文学的青年的病态的心理，我深深地感到自己常有这种病态心理。还可武断地说你也未始没有这种心理的。这种心理的终点，养成想"出风头""要稿费"，没有心思和勇气去探讨文学了，这是何等的危险啊！

　　我觉得你这番话都是对的。其次，我钦佩你的自信。你劝人说，"当我们自己的作品还未达十分健全之前，还是以不发表的为妙"。现在你发表的当然是"十分健全"了。你"认为自己只受了不大高深的教育，尚能写一二篇不十分不通的文章，根柢还是基于几个重要的转变的读书过程"。先生，你写这几句话的时候，曾经较量一番没有？你给青年的教训有许多很有趣味，最难得的是走到难关，你轻轻地就溜过去了。姑举三例如下：

　　青年的恋爱是需要的，但倘使是太"迫切"了，太"急"了，便要生出烦闷来，这便是自讨苦吃了。

　　读书要有兴趣。读书时以为这是强迫做的工作，那就糟了。兴趣是第一要事，如读最索然无味的数学哲学等等，亦要当它是有趣之事。

　　要想作文的人，突然文兴勃发，极要写出一点东西，但一提着笔，却又半个字都写不出，只得闷闷地坐下。……大胆地说一句，每个青年作家，当开始要作文的时候，总要尝到这种苦闷，于是作文的方法，便应了需要而风起云涌的起来了。

如此等类的口吻在大著中每篇都可以看见。你在给"芬"的信里劈头一句是：

　　　　第一封信刚刚发出，第二封信又接踵的来了。因为我知道你接到第一封信时，一定会感觉到我的说话不错。

　　收尾一句是：

　　　　帘外雨潺潺，春意阑珊，我很想你呢！芬。

　　我看到这些地方时，第一个冲动是想说一句"挖苦话"，但是我缺乏"幽默风趣"，这一点冲动立刻就被一阵"世道人心之忧"压倒了。先生在第一封"致少年文人"的信里说：

　　　　如果欲以"文学"为灿烂的头衔，或要以"文学"去换饭吃，便成了严重的病态。

这种"严重的病态"，先生也许不得不承认，在现在中国文坛似乎已经很流行了。怎么办呢？我本也想对于这种"严重的病态"发一点议论，继而想起这事也非"口舌之争"所可了事，所以把笔放下，虽然心里还有些怅惘，不能把这事轻轻地放下。

几乎和你同姓名的朋友

朱光潜

四月三日，北平

给一位写新诗的青年朋友

> 我相信文学到了最高境界都必定是诗，而且相信生命如果未至末日，诗也就不会至末日。

　　朋友，你的诗和信都已拜读。你要我"改正"并且"批评"，使我很惭愧。在这二十年中我虽然差不多天天都在读诗，自己却始终没有提笔写一首诗，作诗的辛苦我只从旁人的作品中间接地知道，所以我没有多少资格说话。谈到"改正"，我根本不相信诗可以经旁人改正，只有诗人自己知道他所写的与所感所想的是否恰相吻合，旁人的生活经验不同，观感不同，纵然有胆量"改正"，所改正的也是另一回事，与原作无干。至于"批评"，我相信每个诗人应该是他自己的严厉的批评者。拉丁诗人贺拉斯劝人在作品写成之后把它摆过几月或几年不发表，我觉得那是一个很好的忠告。

诗刚做成，兴头很热烈，自己总觉得它是一篇杰作，如果你有长进的可能，经过一些时候冷静下来，再拿它仔细看看，你就会看出自己的毛病，你自己就会修改它。许多诗人不能有长进，就因为缺乏这点自我批评的精神。你不认识我，而肯寄诗给我看，询取我的意见，这种谦虚我不能不有所报答，我所说的话有时不免是在热兴头上泼冷水，然而我不迟疑，我相信诚恳的话，是一个真正诗人所能接受的，就是有时不甚入耳，也是他所能原宥的。你要我回答，你所希望于我的当然不只是一套恭维话。

我讲授过多年的诗，当过短期的文艺刊物的编辑，所以常有机会读到青年朋友们的作品。这些作品中分量最多的是新诗，一般青年作家似乎特别喜欢做新诗。原因大概不外两种：第一，有些人以为新诗容易做，既无格律拘束，又无长短限制，一阵心血来潮，让情感"自然流露"，就可以凑成一首。其次，也有一些人是受风气的影响，以为诗在文学中有长久的崇高的地位，从事于文学总得要做诗，而且徐志摩、冰心、老舍许多人都在做新诗。

诗是否容易做，我没有亲切的经验，不过据我研究中外大诗人的作品所得的印象来说，诗是最精妙的观感表现于最精妙的语言，这两种精妙都绝对不容易得来的，就是大诗人也往往须费毕生的辛苦来摸索。作诗者多，识诗者少。心中存着一分"诗容易做"的幻想，对于诗就根本无缘，做来做去，只终身做门外汉。

再其次，学文是否必须做诗，在我看，也是一个问题。我相信文学到了最高境界都必定是诗，而且相信生命如果未至末日，诗也就不会至末日。不过我相信每一时代的文学有每一时代的较为正常的表现方式。比如说，荷

马生在今日也许不写史诗，陀思妥耶夫斯基生在古代也许不写小说。在我们的时代，文学的最常的表现的方式似乎是散文、小说而不是诗。这也并不是我个人的意见，西方批评家也有这样想的。

许多青年白费许多可贵的精力去做新诗，幼稚的情感发泄完了，才华也就尽了。在我个人看，这种浪费实在很可惜。他们如果脚踏实地练习散文、小说，成就也许会好些。这话自然不是劝一切人都莫做诗，诗还是要有人做，只是做诗的人应该真正感觉到自己所感所想的非诗方式决不能表现。如果用诗的方式表现的用散文也还可以表现，甚至于可以表现得更好，那么诗就失去它的"生存理由"了。我读过许多新诗，我深切地感觉到大部分新诗根本没有"生存理由"。

诗的"生存理由"是文艺上内容和形式的不可分性。每一首诗，犹如任何一件艺术品，都是一个有血有肉的灵魂，血肉需要灵魂才现出它的活跃，灵魂也需要血肉才具体可捉摸。假如拿形式比血肉而内容比灵魂，叫做

"诗"的那种血肉是否有一种特殊的灵魂呢？这问题不像它现在表面的那么容易。就粗略的迹象说，许多形式相同的诗而内容则千差万别。

多少诗人用过五古、七律或商籁？可是同一体裁所表现的内容不但甲诗人与乙诗人不同，即同一诗人的作品也每首自具一个性。就内在的声音节奏说，外形尽管同是七律或商籁，而每首七律或商籁读起来的声调，却随语言的情味意义而有种种变化，形成它的特殊的音乐性。这两个貌似相反的事实告诉我们的不是内容与形式无关，而是一般人把七律、商籁那些空壳看成诗的形式是一种根本的错误。

每一首诗有每一首诗的特殊形式，而这特殊形式，是叫做七律、商籁那些模型得着当前的情趣贯注而具生命的那种声音节奏；正犹如每个人有每个人的特殊面貌，而这种特殊面貌是叫做口鼻耳目那些共同模型得到本人的性格而具个性的那种神情风采。一首诗有凡诗的共同性，有它所特有的个性，共同性为七律、商籁之类模型，个性为特殊情趣所表现的声音节奏。这两个成分合起来才是一首诗的形式，很显然的两成分之中最重要的不是共同性而是个性。

七律、商籁之类躯壳虽不能算是某一诗的真正形式，而许多诗是用这些模型铸就的却是事实。这些模型是每民族经过悠久历史所造成的，每个民族都出诸本能地或出诸理智地感觉到做"诗"的那一种文学需要经过这些模型铸就。这根深蒂固的传统有没有它的理由呢？这问题实在就是：散文之外何以要有诗？依我想，理由还是在内容与形式的不可分性。七律、商籁之类模型的功用在节奏的规律化，或则说，语言的音乐化。情感的最直接的表现是声音节奏，而文字意义反在其次。文字意义所不能表现的情调常可以用声音节奏表现出来。诗和散文如果有分别，那分别就基于这个事实。

散文叙述事理，大体上借助于文字意义已经很够；它自然也有它的声音节奏，但是无须规律化或音乐化，散文到现出规律化或音乐化时，它的情趣的成分就逐渐超出理智的成分，这就是说，它逐渐侵入诗的领域。诗咏叹情趣，大体上单靠文字意义不够，必须从声音节奏上表现出来。诗要尽量地利用音乐性来补文字的不足，七律、商籁之类模型是发挥文字音乐性的一种工具。这话怎样讲呢？拿诗和散文来比，我们就会见出这个道理。散文没有固定模型做基础，音节变来变去还只是"散"；诗有固定模型做基础，从整齐中求变化，从束缚中求自由，变化的方式于是层出不穷。

这话乍听起来似牵强，但是细心比较过诗和散文的音乐性者都会明白这道理是真确的，诗的音乐性实在比散文的丰富繁复，正犹如乐音比自然中的杂音较丰富繁复是一个道理。乐音的固定模型非常简单——八个音阶。但这八个音阶高低起伏与纵横错综所生的变化是多么繁复？诗人利用七律、商籁之类模型来传出情趣所有的声音节奏，正犹如一个音乐家利用八个音阶来谱交响曲。

新诗比旧诗难作，原因就在旧诗有"七律""五古""浪淘沙"之类固定模式可利用，一首不甚高明的旧诗纵然没有它所应有的个性，却仍有凡诗的共同性，仍有一个音节的架子，读起来还是很顺口；新诗的固定模型还未成立，而一般新诗作者在技巧上缺乏训练，又不能使每一首诗现出很显著的音节上的个性，结果是散漫芜杂，毫无形式可言。把形式做模型加个性来解释，形式可以说就是诗的灵魂，做一首诗实在就是赋予一个形式与情趣，"没有形式的诗"实在是一个自相矛盾的名词。许多新诗人的失败都在不能创造形式，换句话说，不能把握住他所想表现的情趣所应有的声音节奏，这就不啻说他不能做诗。

你的诗不算成功——恕我直率——如同一般新诗人的失败一样，你没有创出形式，我们读者无法在文字意义以外寻出一点更值得玩味的东西。你自以为是在做诗，实在还是在写散文，而且写不很好的散文，你把它分行写，假如像散文一样一直写到底，你会觉得有很大的损失么？我喜欢读英文诗，我鉴别英文诗的好坏还有一个很奇怪的标准。一首诗到了手，我不求甚解，先把它朗诵一遍，看它读起来是否有一种与众不同的声音节奏。如果音节很坚实饱满，我断定它后面一定有点有价值的东西；如果音节空洞凌乱，我断定作者胸中原来也就很空洞凌乱。我应用这个标准，失败时候还不很多。读你的诗，我也不知不觉在应用这个标准，老实说，读来读去，我就找不出一种音节来，因此，我就很怀疑你的诗后面根本没有什么值得说的。从文字意义上分析了一番，果不其然！你对明月思念你的旧友，对秋风叶落感怀你的身世，你装上一些貌似漂亮而实恶俗不堪的词句，再"啊"地"呀"地几声，加上几个大惊叹号，点了一行半行的连点，笔停了，你欣喜你做成了一首新诗。朋友，恕我坦白地告诉你，这是精力的浪费！

我知道，你有你的师承。你看过五四时代作风的一些新诗，也许还读过一些欧洲浪漫时代的诗。五四时代作家和他们的门徒勇于改革和尝试的精神固然值得敬佩，但是事实是事实，他们想学西方诗，而对于西方诗，根本没有深广的了解；他们想推翻旧传统，而旧传统桎桎他们还很坚强。他们是用白话写旧诗，用新瓶装旧酒。他们处在过渡时代，一切都在草创，我们也无用苛求，不过我们要明白那种诗没有多大前途，学它很容易误事。他们的致命伤是没有在情趣上开辟新境，没有学到一种崭新的观察人生世相的方法，只在搬弄一些平凡的情感，空洞的议论，虽是白话而仍很陈腐的辞藻。目前报章杂志上所发表的新诗，除极少数例外，仍然是沿袭五四时代的传统，虽然在表面上题材和社会意识有些更换。诗不是一种修辞或雄辩，许多新诗人却只在修辞或雄辩上做功夫，出发点就已经错误。

五四时代和现在许多青年诗人所受到的西方诗影响，大半偏于浪漫派如拜伦、雪莱之流。他们的诗本未可厚非，他们最容易被青年人看成模范，可是也最不宜于做青年人的模范。原因很简单，浪漫派的唯我主义与感伤主义的气息太浓，学他们的人很容易作茧自窒，过于信任"自然流露"，任幼稚平凡的情感无节制地无洗练地和盘托出；拿旧诗来比，很容易堕入风花雪月怜我怜卿的魔道。诗和其他艺术一样，必有创造性与探险性，老是在踏得稀烂的路轨上盘旋，决无多大出息。我对于写实主义并不很同情，但是我以为写实的训练对于青年诗人颇有裨益，它可以帮助他们跳开小我的圈套，放开眼界，去体验不同的人物在不同的情境中所有的不同的生活情调。这种功夫可以锐化他们的敏感，扩大他们的"想象的同情"，开发他们的精神上的资源。总而言之，青年诗人最好少做些"泄气"式的抒情诗，多做一些带有戏剧性的叙述诗和描写性格诗。他们最好少学些拜伦和雪莱，多学些莎士比亚和现代欧美诗。

提到"学"字，我可以顺便回答你所提出的一个问题：做诗是否要多读书？"学"的范围甚广，我们可以从人情世故物理中学，可以从自己写作的辛苦中学，也可以从书本中学，读书只是学的一个节目，一个不可少的而却也不是最重要的节目。许多新诗人的毛病在不求玩味生活体验，不肯耐辛苦去自己摸索路径，而只在看报章杂志上一些新诗，揣摩他们，模仿它们。我有一位相当

223

有名的做新诗的朋友，一生都在模仿当代新诗人，早年学徐志摩，后来学臧克家，学林庚，学卞之琳，现在又学宣传诗人喊口号。学来学去，始终没有学到一个自己的本色行当。我很同情他的努力，却也很惋惜他的精力浪费。

"学"的问题确是新诗的一个难问题，我们目前值得学的新诗范作实在是太少。大家像瞎子牵瞎子，牵不到一个出路。凡是没有不学而能的，艺术尤其如此。"学"什么呢？每个青年诗人似乎都在这问题上彷徨。伸在眼前的显然只有三条路。第一条，是西方诗的路。据我看，这条路可能性最大。它可以教会我们尽量发挥语言的潜能。不过诗不能翻译，要了解西方诗，至少须精通一种西方语言。据我所知道的，精通一国语言而到真正能欣赏它的诗的程度，很需要若干年月的耐苦。许多青年诗人是没有这种机会，或是没有这种坚强的意志。

第二条，是中国旧诗的路。有些人根本反对读旧诗，或是以为旧诗变成一种桎梏，阻碍自由创造。我的看法却不如此。我以为中国文学只有诗还可以同西方抗衡，它的范围固然比较狭窄，它的精炼深永却往往非西方诗所可及。至于旧诗能成桎梏的话，这要看学者是否善学，善学则到处可以讨经验，不善学则任何模范都可以成桎梏。每国诗过些年代都常经过革命运动，每种新兴作风对于旧有作风都必是反抗，可是每国诗也都有一个一线相承、绵延不断的传统，而这传统对于反抗它的人们的影响反而特别大。我想中国诗也不例外。很可能几千年积累下来的宝藏还值得新诗人去发掘。

第三条，是流行民间文学的路。文学本起自民间，由民间传到文人而发挥光大，而形式化、僵硬化，到了僵硬化的时代，文人的文学如果想复苏，也必定从新兴的民间文学吸取生气。西方文学演变的痕迹如此，中国文学演变的痕迹也是如此。目前研究民间文学的提倡很值得注意和同情。不过民间文学与学西诗旧诗同样地需要聪慧的眼光与灵活的手腕，呆板的模仿是误事的。同时我们也不要忘记民间文学有它的特长，也有它的限制。像一般人所模仿的古书戏词已不能算是真正的民间文学，它是到了形式化和僵硬化的阶段了，在内容和形式上实多无甚可取，还有一部分人爱好它，并不是当作文学去爱好它，而是当作音乐去爱好它，拿它来做宣传工具，固无不可；如果说拿它来改善新诗，我很怀疑它会有大成就。

大家在谈"民族形式"，在主张"旧瓶装新酒"，思想都似有几分糊涂。中国诗现在还没有形成一个新的"民族形式"，"民族形式"的产生必在伟大的"民族诗"之后，我们现在用不着谈"民族形式"，且努力去创造"民族诗"。未有诗而先有形式，就如未有血肉要先有容貌，那是不可想象的。至于"旧瓶新酒"的比喻实在有些不伦不类。诗的内容与形式的关系并不是酒与瓶的关系。酒与瓶可分立；而诗的内容与形式并不能分立。酒与瓶的关系是机械的，是瓶都可以装酒，诗的内容与形式的关系是化学的，非此形式不能表现此内容。如果我们有新内容，就必须创造新形式。这形式也许有时可从旧形式脱化，但绝对不能是呆板的模仿。应用"旧瓶"是朝抵抗力最低的路径走，是偷懒取巧。

最后，新诗人常欢喜抽象地谈原则，揣摩风气地依傍门户，结果往往于主义和门户之外一无所有。诗不是一种空洞的主义，也不是一种敲门砖。每个新诗人应极力避免这些尘俗的引诱，保存一种自由独立的精神，死心塌地地做自己的功夫，摸索自己的路径，开辟自己的江山。大吹大擂对于诗人是丧钟，而门户与主义所做的勾当却是大吹大擂。

朋友，这番话，我已经声明过，难免是在热兴头上泼冷水。我希望你打过冷颤之后，可以抖擞精神，重新做一番有价值的事业。

图书在版编目（CIP）数据

人看多了，还是书好看啊 / 朱光潜著. -- 北京：
北京联合出版公司, 2022.5（2022.7重印）
ISBN 978-7-5596-6100-5

Ⅰ.①人… Ⅱ.①朱… Ⅲ.①散文集 – 中国 – 当代
Ⅳ.①I267

中国版本图书馆CIP数据核字(2022)第049114号

人看多了，还是书好看啊

作　　者：朱光潜
出 品 人：赵红仕
责任编辑：牛炜征
封面设计：黄柠檬

北京联合出版公司出版
（北京市西城区德外大街 83 号楼 9 层　100088）
北京时代华语国际传媒股份有限公司发行
北京中科印刷有限公司印刷　新华书店经销
字数97千字　787毫米×1092毫米　1/32　7.5印张
2022年5月第1版　2022年7月第2次印刷
ISBN 978-7-5596-6100-5
定价：49.80元